u books

サミュエル・ベケット

高橋康也

白水 u ブックス

目次

道化の肖像

ベケットという作家は、あらゆる定義に先立って、まずたぐい稀れな滑稽小説家・道化芝居作者であるとぼくは思う。そしてまた、あらゆる定義ののちにも、彼はやはりたぐい稀れな滑稽小説家・道化芝居作者ではないかと思う。ベケットを語るとき、不条理についてのどんな深遠な哲学論も、ヌーヴォー・ロマンやアンティ・テアトルについてのどんな前衛的な芸術論も、彼の全体像としては致命的に片手落ちとなるだろう――もし彼におけるおかしさと笑いが無視されるならば。

ベケットのおかしさと笑いのきわめて粗野な実例として、彼の処女短編集の中の一つの挿話を思い浮かべることができる。まず主人公のお気に入りの一《ひと》口話が披露される——さる田舎牧師がある素人芝居にチョイ役で出演することを頼まれた。ピストルの発砲とともに胸をおさえ、“By God! I'm shot!”（ちくしょう！　やられた！）と叫んで倒れ、死んだふりをしてくれればいい、というのだが、牧師としては“By God”は憚《はばか》られるので、“Upon my word!”とか“Oh my!”とかに言い変えてもかまわないだろうかと条件をつける。ところが、あまりといえばあまりの素人芝居で、本番のとき、ピストルが本当に発砲してしまい、牧師はこう叫んで絶命する——“Oh!… Oh!… BY CHRIST I AM SHOT!”主人公はこの一口話を自分に語りきかせて、「涙が出るほど笑いころげる」のだが、この短編にはオチがあって、この三ページあとで、主人公自身、医者の手落ちで手術台の上であっけなく死んでしまう。彼の最期を語る語り手の言葉はたいへん短い——“By Christ! he *did* die!”

　ベルクソン（Bergson）がモリエール（Molière）を主たる材料として分析し分類した笑いの諸条件は、ここにもあてはまると言っていい。たとえば、言葉のおかしさとしては、“By God”を拒否した田舎牧師のとんちんかんな直解主義《リテラリズム》——「比喩的に用いられた表現を字義通りに解するふりをすれば、滑稽な効果がえられる」——があるし、状況のおかしさとしては、現実と非現実の「ひっくり返し」、「とり違え」、「相互浸透」、牧師の死と主人公の死の「くり返し」などの条件が揃っている。人物（性格）のおかしさは、「生き生きしたものにかぶせられたこわばり・ぎこちなさ」をそなえた牧師においてかくれもない。

しかし、ベルクソンの優雅にも明晰な分析を通りこして、右の挿話に示されたベケットのヴィジョンを、思いきって、道化芝居的世界観と呼んではいけないだろうか。なぜなら、右の場面が、コメディア・デル・アルテから大道人形芝居《パンチ・アンド・ジュディ》やサーカスの道化芝居《クラウン・ショー》をへてミュージック・ホール（ヴォードヴィル）の茶番劇《ファース》や無声映画のどたばた喜劇《スラップスティック》にいたる長い伝統に掉さしていることは、まぎれもないからだ。人生を道化芝居――それも下手糞な素人の――に見立てる視点は、田舎牧師の断末魔の叫びと、役者としてのしどろもどろの台詞との滑稽な重ね合わせに、端的に実現されている。また、世界は芝居小屋だという事情は、主人公がばかばかしい死をとげる場所が、'theatre'と呼ばれていることに巧みに暗示されている。この単語は「手術室」（operating theatre）であり、同時に「劇場」でもあるからだ。

この道化芝居の作者は誰だろう。むろんベケットであるわけだが、人によってはこうも言うだろう、下手糞《へたくそ》な冗談をとばすこの下手糞なユーモア作家、それは神だ、と。どちらにせよ、この芝居の創造者は上品なベルクソンの趣味（「〔言葉のおかしさのうちで〕最も感心しない方法は地口・語呂合せ《パン・カランブール》である」）に合わぬていの低級な「地口」を得意としているらしい。なにしろ、この神による宇宙創造にあたっては、「初めに地口ありき」(『マーフィー』)という次第なのだ。

ベケット二十八歳の若書きの習作である短編集にかくもあからさまに現われていた道化芝居的性格は、作品を追うにつれて抑制されていく。おかしさと笑いは、他のすべての道具立てと同様に、極度に切りつめられていく。道化芝居の主役、すなわち道化としての主人公は、のちには、どんな冗談にも「涙がこぼれるほど笑う」などという特権を剝奪され、ヴラジーミルのように、恥骨のあたりをおさえて、「もう思いきって笑えもしない」とぼやいたり、『残り火〈*Embers*〉』のヘンリーのように、およそ興ざめな、無残な「作り笑い」しかできなくなる。いや、無声映画脚本『映画』*Film*(いみじくも往年の「笑わぬ名喜劇俳優」バスター・キートン **Buster Keaton** の生前最後の主演作として映画化された)にいたっては、主人公はこれっぽっちも笑わない、または笑えないのである。『名づけえぬもの〈*L'Innommable*〉』や『ありようは……〈*Comment c'est*〉』の主人公がいったいどんな意味で道化と呼べるというのか……。

しかし、それにもかかわらず、というか、ベケットの作品から道化芝居的粗野さが削り落とされていくにつれて、かえって道化芝居的ヴィジョンの表現は根源においてますます深まっていき、「世界は劇場《テアトルム・ムンディ》だ」という古代中世以来の伝統的主題のベケット的変奏はますます独自なものとなっていくとも言えるのだ。ベルクソン的なおかしさと笑いが切りつめられていくにつれて、ベルクソンが思いもかけなかったようなおかしさと笑いが創られていく。もはや通常の意味では道化ともいえぬ地点に追いつめられたとき、主人公のなけなしの道化性がかえってあざやかに閃《ひらめ》く。

道化芝居とはいえぬ道化芝居、道化とはいえぬ道化——これは確かに名辞矛盾である。しかし、そう言うなら、ベケットの世界は限りない名辞矛盾や二律背反・逆説・撞着語法・反語・前言取消し、ああ言えばこう言う二枚舌などで成り立っているのではないか。滑稽と深刻、形而下的な荒唐無稽《アブサード》と形而上的な不条理《アブサード》、肉体と精神、正気と狂気、饒舌と沈黙、言語と動作、放浪と瞑想、小説を否定する最も小説的な小説、演劇を否定する最も演劇的な戯曲、人間を否定する最も人間的な人間……。

そしてこのような世界を捉えるには、おそらく道化の視点によるのがいちばんいいのではあるまいか。なぜなら、道化とは本来、非合理の化身、名辞矛盾をやすやすと生きる男、二律背反の間にあってビュリダンの驢馬《ろば》になり果ててしまわぬ人物だからだ。リア王が落ちていく虚無と暗黒の淵のへりで「ああ言えばこう言う」式の知恵を、滑稽でしかもまじめな、残酷でしかもやさしい演技によって発揮したあの不世出の名道化から、キートンやチャップリン（*Charles Chaplin*）にいたるまで、偉大な道化はつねにまじめな道化であった。

ベケットの道化＝主人公たちもまた逆説の権化だ。彼らはたいてい肉体的障害に加えて精神的にも精薄ないし分裂症気味の瘋癲《ふうてん》でありながら、しかも奇妙に博学であり、またある種のしたたかな正気と知恵の持ち主だ。彼らは一所不住の漂泊の身でありながら、ほとんどつねに不動《インモビリティ》の姿勢において現われる。そして最大の逆説――彼らは道化らしくない道化だ。たとえば、マロウンは自分の内なる「まじめという野獣」と、それにおびえて「ひとりぼっちで隠れて遊んでいる道化」とについて語り、「梅毒に生まれつく人がいるように、私はまじめに生まれついたのだ」と主張する。

いや、これらの道化を創った作者ベケットこそ最高のベケット的道化ではないのか。ベケットの分身であるのちの作品の主人公（「名づけえぬもの」）は過去の全作品をふり返って言う――「これらすべての浮浪者たち、片輪者たちの物語はどれも私のものだ」。最も深い意味で「私小説家」であるベケットが、おのれの主人公の本質を分かちもっていないはずはない。「絶望するなかれ、泥棒の一人は救われしなり、慢心するなかれ、泥棒の一人は地獄へ堕とされしなり」――ベケットのひどくお気に召しているらしいこのアウグスティヌスのシーソーゲームめいた箴言は、それ自体「ああ言えばこう言う」道化のモットーであり、『リア王』の道化の言うあの「ハンディ・ダンディ」（右の手に握っているかと思えば左の手、というゲーム）の論理にほかならない。

ぼくがこれから辿ろうとするのは、「まじめという野獣」におびやかされつつ果てしなく裸形化していく一人の特異な道化の宿命である。ぼくが描こうとするのは、一作ごとに変貌していきながら根本的には同一の輪郭を保ちつづける一人の道化の肖像である。それはまた、内的な意味で、その道化の創造者、たぐい稀れな道化芝居作者の宿命であり、肖像であるだろう。片や『リア王』の道化《フール》を思い、片やルオー描くところの道化師《ピエロ》の像を眺めながら、ぼくはすでに十分に絶望している。しかし、ぼくもまたアウグスティヌスの箴言をモットーとして、不可能な仕事にとりかからなければならない。

道化の誕生

サミュエル・バークレー・ベケット（Samuel Barclay Beckett）は一九〇六年四月十三日、アイルランドはダブリン南郊の町フォックスロックにおいて、プロテスタントの裕福な中流家庭の次男として、呱々《ここ》の声をあげた。父は建築積算士で母は信仰篤く……と、せっかく我ながら信じがたいほど古典的な書き出しで始めたのに、ぼくはたちまちもう一つの呱々の声に耳を奪われてしまう――

彼の不幸は早くから始まっていた。まあ、産声《うぶごえ》より前には遡らないとしても、その産声というのがすでに国際標準音によるラの音程、すなわち一秒に四三五の二重振動をもった高さからはずれて、喘息気味のソの音だった。彼を取りあげた実直な産科医がたじろいだことといったら！　この医者はかつてのダブリン・オーケストラ協会の熱心な会員で、素人にしては一応の腕前のフルート奏者だったのである。その同一の瞬間に何百万の小さな喉頭音が同じ高さで呪いの斉唱《ユニソン》をわめいたなかで、赤ん坊マーフィーの声だけが調子はずれなのを確認したときの、医者の歎《なげ》きといったら！　産声より前には遡らないとしても、である。

いずれ彼の断末魔の喘ぎがこの埋め合わせをすることになるだろう。

――『マーフィー』（フランス語版による）

このあわれにも滑稽な第二の産声と最初の産声とが、そのまま同一だとは言わない。しかし、赤ん坊サムの現実の産声が、彼が三十二年後の小説で描いた赤ん坊マーフィーの産声に吸収されてしまうのは、どうしようもないことだ。産声からして「大宇宙《ビッグ・ワールド》」と波長が合わない人物をかくもみごとに誕生させたからには、性急な読者によって、同じような不幸で滑稽な誕生を自らに帰せられるのは、作者の運命というものだろう。

ベケットがあるインタビューで「私の幼年時代は幸福だった」と語ったにしても、それは益なきことだ。どうせなら、「私は母の胎内における私の生活の恐ろしい記憶をまだ保っている」という彼のもう一つの答えを信じたほうがいい。たぶん本当に、彼は「産声より前に遡る」ことができるのだ！「何百万という赤ん坊」といっしょに、生まれたという不幸を呪うだけではない。遡って受胎の瞬間を呪う人物を、彼はやがて創るだろう。そしてまるで「生まれたという罪」を償うための業《ごう》であるかのように書いたり、しゃべったりする人物を、彼は創るだろう……。赤ん坊サムからそのような作家ベケットへの呪われた成長が、いま始まったのである。

ここで、「産声」「喘息」「断末魔の喘ぎ」に因んで、もう一つの脱線の誘惑にぼくは抗することができない。ベケットの最近の〈最後のとならぬことを祈ろう〉芝居は『息〈*Breath*〉』と題されていて、人物は登場せず、舞台の外から「産声」のごとき「叫び声」と「深い息」だけが聞こえてくるという代物である。この風変わりな寸劇が一九六九年秋、オックスフォード大学演劇部のプログラムになったとき、ましてタイナン（Kenneth Tynan）の悪名高い『おお、カルカッタ！〈*Oh! Calcutta!*〉』のプロローグとして使われたとき、人々はこれを単に道化芝居を極端にひねった悪ふざけと受け取ったかもしれない。しかし、右の『マーフィー』の箇所を思い合わせるならば、ベケットが作家としての生涯を通して、偏執的なほどに一貫したまじめさをもって、ある少数のイメージとモチーフを追求しつづけた挙句の、これはほとんど必然的な帰結であると、ぼくたちは納得せざるをえないはずだ。

さて、ベケットは十四歳になり、名門校ポートラ・ロイヤル・スクール（Portora Royal School）に入学する。産声からして「喘息気味」だったマーフィーとちがって、この少年は学業とともに運動でも抜群であった。この学校について記しておくべきことが一つある。これは、かの逆説の名人にして祖国喪失《エグザイル》の大先輩オスカー・ワイルド（Oscar Wilde）の母校であって、壁に掲げられた代々の優等生の名簿には、このスキャンダラスな卒業生の名前が塗りつぶしてあったという。そのころすでにアイルランドを捨てていたジェイムズ・ジョイス（James Joyce）につづいて、自分もまたこの不幸にも輝かしい祖国喪失者の系譜に連なるであろうことを、サム少年は予感していただろうか。

一九二三年、もう一人の不吉な天才ジョナサン・スウィフト（Jonathan Swift）の母校であるダブリンのトリニティ・カレッジ（Trinity College）に入学。フランス文学とイタリア文学を専攻、とくにダンテ（Dante）を熟読し、またアベイ劇場（Abbey Theatre）に通う。二七年卒業、二八年パリの高等師範学校《エコール・ノルマル・シュペリウール》に英語講師として赴任する。この二年間のパリ生活がベケットにとって決定的な時期となる。ぼくたちにとっても、彼を活字において捕捉することが可能になるのはこのときからであって、それ以前の、たとえばトリニティ時代に宿題の論文をトイレット・ペーパーに書いて提出したなどという、アラン・シンプソン（Alan Simpson）の伝える伝説は、それがいくら道化の肖像にふさわしくても、まともに取り上げるわけにはいかないのである。

この時期を決定的なものにした最大の要因は、ジョイスとの出会いであった。知りあってから半年もたたぬうちに、『進行中の作品〔*Work in Progress*〕』（のちの『フィネガンズ・ウェイク〔*Finnegans Wake*〕』）をめぐる十二人の使徒たちの論文集 *Our Exagmination Round His Factification for Incamination of Work in Progress*（一九二九年）の巻頭をベケットの論文が飾ることになる。私生活においても、彼はジョイスの家に入りびたり（といっても、無口な二人はまるで黙《だんま》りくらべをしているみたいだった、とエルマン（Richard Ellmann）のジョイス伝 *James Joyce* は伝えている）、娘ルチアに思いを寄せられ（彼に拒絶されて彼女の精神病は悪化する）、第二次大戦中はジョイス一家のフランス脱出に献身的な助力をすることになる。ジョイスの方でも、単に同郷の後輩に対する贔屓《ひいき》以上の気持を抱いていた……。しかし、そんなことより、ベケットの作家的誕生の原点において、ジョイスとの出会いの真の意味はどこにあったのか。

「ダンテ……ブルーノ・ヴィーコ……ジョイス」'Dante... Bruno. Vico... Joyce' と題されたベケットの論文は『フィネガンズ・ウェイク』についてのおそらく最初の研究の一つであるという名誉をもっている。ジョイスの記念碑的作品を支えている歴史・時間・神話・言語の根本構造を、ダンテとブルーノとヴィーコの思想を導入することによって、鮮やかに解明したそのみごとさは、とうてい『フィネガンズ・ウェイク』の正式な完成の十年も前の、しかも若冠二十三歳の青年のものとは思えない。しかし、この論文はまたベケット全著作中はじめての活字であるという意義をもっているのであって、ぼくたちの問題はこちらにある。三つの点に興味をしぼってみよう。

この論文の最も明白な特徴はその文体である。博識と機知、知的で傲岸な文語体と野卑な俗語体の混淆《こんこう》は、いかにも才気縦横に「紳士淑女諸君」(つまり俗物としての読者)に侮蔑を投げつける文学青年の口調だ。この口調は若きベケットの作品に持続するものとなる。第二に興味をひくのは、内容と形式の一致について「ジョイス氏の作品は何ものかについて語っているのではない、その何ものか自体なのだ」と力説している点だ。これは『フィネガンズ・ウェイク』についてのみならず、のちのベケット自身の作品における言語の働き方にも当てはまることになるだろう。第三に、ダンテとジョイスにおける煉獄の構造の差についての指摘も見逃せない。ダンテには「煉獄前地《アンテパーガトリー》から楽園にいたる上昇」があり、「到達の保証」があるが、ジョイスには「前進の一歩が必然的に後退の一歩であるような流転《フラックス》がある」だけだ、とベケットは言う。ジョイスの世界が「煉獄」と呼べるのは「絶対者の絶対的不在」によってであり、この「不在」によって、対立する諸要素（たとえば善と悪）の間に「猫が自分の尻尾をつかまえようとする」ごとき果てしない回転運動が生じるのだ。この洞察は『フィネガンズ・ウェイク』論としても鋭いが、もっと驚くべきことは、この終わりなき煉獄というイメージが、ジョイス以上にベケット自身ののちの作品宇宙にふさわしいものとなるだろうということだ。

　むろん、ここで影響を云々する必要はないのであって、むしろ師とは異なった言語で異なった構造の煉獄を創出すること、ほとんど師の逆を行くことこそ、真の弟子の身分証明とならなければならない。とすれば、さしあたり、ベケットがジョイスの中に見出したものは何であったのか。一九三二年にベケットが書いた戯詩「ホーム・オルガ〔'Home Olga'〕」を一つの手がかりとして、ぼくたちはそれを芸術家の宿命または作家の姿勢とでも要約できるかもしれない。これはジョイスの名前の綴字を用いた一〇行のアクロスティックであるが、その主題はジェズイト坊主どもゆえに「痔病の島《ヘモロイダル・アイル》」となっている糞づまりの祖国アイルランド、そこからの「亡命者《エグザイル》」たるジョイス、その芸術への「真心」と「狡智」、その作品の宝石のごとき堅固な透明さと「甘美なる清新体」、そして「出しゃばり小羊」たるキリストへの袂別ないし嘲罵ないし挑戦である。おそらくベケットはこの戯れの詩を書きながら、偉大なる先輩の生き方をひそかにわがものとして選び取っていたにちがいない。

こうして浮かび上ってくる芸術的亡命者《エグザイル》の像はベケット的道化の不可欠の一面をなす。芸術への献身を許さぬ祖国への痛烈なアイロニーは、ジョイスとベケットをいわゆるアイルランド文芸復興主義者たちから峻別する。しかも『ユリシーズ〔*Ulysses*〕』におけるジョイス同様、ベケットの作品も捨てた祖国なしには成り立たないとすれば、アイロニーはまさしく痛烈かつ深刻だと言わざるをえない。単に初期の作品が直接ダブリンを舞台にしているとか、またはマーフィーからモロイ、モラン、マロウン、マックマンをへて、マーフッドにいたるMで始まる人物たちの名前がすべてアイルランドの普通の名前であるとかいうことだけではない。スウィフトは二〇〇年前、憎悪愛《ハースリーベ》をこめて、この「沼地《ボッグ》と奴隷の島国」アイルランドを「白痴と狂人の収容所《アサイラム》」になぞらえたが、偉大な先輩のこれらの文句はまさに、より深く抽象化された後期ベケットの世界の本質的風景を言い当てているのである。

むろん芸術への献身を妨げるのはアイルランドに限ったわけではない。国籍にかぎらず、信仰と世俗のいっさいの慰安を断念しなければならぬという芸術家の宿命を、ベケットは承知している。ただ、若い彼はそのアイロニーをトニオ・クレーゲル風には語らずに、「紳士淑女諸君」を見下し冷笑する強面《こわもて》の道化の仮面をかぶってみせるのだ。

明けて一九三〇年。まだパリにいるベケットは、時間《タイム》の主題による一〇〇行以内の詩という条件のある文学賞に応募するために、たまたま読んでいたアドリアン・バイエ（Adrien Baillet）の『デカルト伝〔*La Vie de M. Descartes*〕』（一九六一年）を種本にして、一晩《ひとばん》で九八行の詩を書きあげた。これが入選し、規定により、賞金一〇ポンドと、彼の最初の単行本出版をもたらした。

『ホロスコープ〔*Whoroscope*〕』と題されたこの詩は、オムレツが食卓に出てくるのを待っているあいだのデカルトの内的独白という形式をとっている。ベケットが『荒地〔*The Waste Land*〕』よろしく附した自注からわかるように、この詩の発想は、デカルトが腐りかかった古い卵が好きで、生みたての卵には「ヘドを催した」という、奇妙で些細な伝記的事実にある。卵が新しすぎるといって料理人を口汚く叱りつけ、何度もつくりなおさせながら、デカルトは自らの生涯のさまざまな場面が走馬灯のように意識をよぎるのを見る。そして最後には、星占い《ホロスコープ》を恐れて自分の誕生日を秘密にしていたという彼が、スウェーデン宮廷における自分の死を予感する。

というより、時間の枠組はここで溶解して、臨終のデカルトの呟きと祈りがこの詩をしめくくる——「そして　われに与えたまえ　第二の／星のない　占いえぬ時を」。

　ぼくたちの問題は、この詩の語り手である主人公デカルトをベケット的道化の初期の一変種とみなしうるか、ということである。簡単に「イエス」と答えることはできない。しかし、ベケット的道化を形成するのに必要ないくつかの要素がここに始めて暗示されていることは確かだ。最も表面的なことから言うなら、ベケット固有の引用癖がここに露骨な形で現われている。いや、この詩全体がバイエにそっくり乗っかっているわけで、作者の自注にもかかわらず、バイエを知らなければ見当のつかぬような晦渋な言及《アリュージョン》がちりばめられている。こうしてケレン味たっぷりに読者を挑発し翻弄するきわめてベケット的なデカルト（「ベカルト」または「デケット」という鞄語《ポートマント・ワード》を造りたくなるほどだ）の衒学《げんがく》的引用癖は、中期以後のベケットの主人公たちにおいては、もっと禁欲的に矯《た》められていく。しかしそれらの呆《ほう》けた流浪の道化たちさえも、端倪《たんげい》すべからざる博識と引用癖を見せるだろう。

　似た意味で、のちには抑制される言語遊戯が、この詩ではふんだんにあふれている。地口、洒落、卑語、外国語（フランス語やラテン語）の歪曲など、きりがないので一つだけ最も目立つ、また最も重要な例をあげるとすれば、ほかでもない題名である。Horoscope ならぬ

Whoroscopeとは、「星占い」の「horo- 時間」を「whoro- 娼婦」に転じてでっちあげた鞄《かばん》語である。これによって「時間」とは「娼婦」なり、という等式が成立し、「星占い」などは「いかさま」であるという近代的合理主義者デカルトの不信が一挙に示されるというわけだ。

しかし、この鞄語は、ベケット的道化の一属性たる言語的発明力《インヴェンティヴネス》を例証すると同時に、より大きな問題を導入する点でも重要なのである。もし「時間」が「娼婦」だとすれば、それによって成立している人間の「生」も「売女《ばいた》」のごときものではないか。いや「誕生」や「死」も同じではないか。しかも、その呪詛すべき、唾棄すべき「時間」と「誕生・生・死」――「卵」はその端的なイメージだ――を人間は超えることができぬのではないか。ベケットが臨終のデカルトに言わせている“inscrutable hour”という言葉をもじれば、「時間」とはついに「占いえぬ」「推慮を超えた」もの、「度しがたい娼婦（inscrutable whore）」ではないのか。デカルトが星占いを拒否したのは、単純な迷信への不信というよりも、こうした「時間」の推慮不可能性を知っていて（デカルトはその哲学体系において「時間」を説明しえなかった）、誕生とは「〔第一の〕星のない占いえぬ時」であると観じたのではないか――ちょうど死後の時間が「第二の　星のない　占いえぬ時」であるように。

こうして、この詩の表題と最後の二行がぼくたちを導いていく思考は、史実の上のデカルトとはおよそ無縁のものであるにちがいない。というのは、最後の二行は全くバイエの枠をはみ出た、ベケットのでっちあげなのだ。しかし、この二行がのちのベケットの主人公たちが辿っていく思考を暗示していることも、同じくらいまちがいない。推慮をこえた娼婦的時間ののっぺらぼうなひろがりの中で、誕生や死は決定的な瞬間たることができない。たとえば、呪うべきは「産声より前に遡った」受胎の瞬間だということになり、逆に自分がもう死んでいるのではないかと疑うマロウンや、明らかに死後の時間の中に存在している『芝居』(*Play*)の人物たちが現われる。

だがそれにしても、デカルトをこうしてベケットにひきつけて読むのは牽強附会だと異論が出るかもしれない。ベケットは賞金欲しさに、とっさにデカルトを戯画化してみせたのであって、ここには意味深長な自己同一化・自己投映などありえまい。およそいかなるユーモアとも無縁と見える近代合理主義の元祖、よりによってあのデカルトが、どうまちがっても道化(たとえベケット的道化でも)の相貌を帯びるなどということがあるはずがないではないか、と。確かに『ホロスコープ』は一種の戯画であり、デカルトと道化は水と油かもしれない。しかし、ベケットが最初の主人公にデカルトを選んだことの意味深い必然性——作家ベケットの誕生のとき、天空のどこかでデカルトという星が強くまたたいていたにちがいないという星占いの信憑性――を、ぼくたちはやがて納得せざるをえなくなるだろう。

一九三〇年、母校トリニティ・カレッジのフランス語およびロマンス語講師に呼び戻されたベケットは、翌三一年、評論『プルースト〔*Proust*〕』を公刊する。

論じられるのがもっぱら『失われた時を求めて』（*À la recherche du temps perdu*）である以上、主題が（『ホロスコープ』におけると同じく）「時間」であることは当然だ。プルースト Marcel Proust における「時間の虜囚および犠牲者」としての人間存在、喪失と幻滅の「無窮動《ペルペトゥウム・モビレ》」、愛と友情の不可能、孤独、個性の溶解、それを糊塗する日常的習慣と意志的記憶、苦悩と倦怠の両極、そしてあの無意志的記憶による救済の「特権的瞬間」、作品創造による時間の超克などの問題を、ベケットは独特の圧縮した文体で鋭く的確に取り出していく。ベケットの姿勢はいわゆる研究や解釈のそれではない。作家としての深い共感がなかったなら、彼はそもそも筆をとらなかったろう。たとえば、右に列挙したプルースト的主題がすべてベケット的主題でもあることに、ぼくたちは思いいたらざるをえない。

しかしここでも問題はプルーストとベケットの差である。そしてここでも、ぼくたちはのちのベケットを予見しながら語ることになってしまう。端的に問うてみよう、プルーストにあってベケットにないものは何か、と。そのとき浮かび上がってくるのは、ほかならぬ二つの最重要の主題である。まず、底知れぬペシミズムに浸されたあの優雅なる砂漠とも称すべきプルーストの世界は、周知のとおり、『スワン家の方へ〔*Du côté de chez Swann*〕』の紅茶にひたされたマドレーヌから『見出された時〔*Le temps retrouvé*〕』のゲルマント家の中庭の不揃いの敷石や皿に触れるスプーンの音にいたる一ダースほどの「特権的瞬間」というオアシスによって、はかなくもまばゆい光明を与えられている。それに対し、ベケットの世界は決してこのような「無意志的記憶」の恍惚によってうるおされることはないだろう。マロウンの幼年時代の想起がおそらくそれにいちばん近づくであろうが、それとてもマルセルのそれにくらべれば、みじめな低徊《ていかい》にすぎない。クラップや『映画』の主人公にいたっては、過去の記録であるテープや写真アルバムに接しても何も思い出すことができぬほどの健忘症である。プルーストは「意志的記憶」の作用を「写真アルバムを繰る」ことにたとえているが、この伝でいけばベケットの人物は「意志的記憶」さえ失っていることになる。「無意志的記憶」の特権はもっと確実に奪われている。

つぎにプルーストの主人公は、束の間の永遠の瞥見《べっけん》を時間と習慣の暗闇から確保できるのは芸術だけだ、とりわけ、ベケットがこの評論の末尾で正当にも指摘しているように、完璧な勝利を捉え、深部における自我《パーソナリティ》の持続《パーマネンス》を証明してくれるのは音楽だ、と悟る。ところで、ベケット自身はこうした芸術への信念を歌いあげることも、音楽的陶酔を成就することもほとんどないだろう。ウィニーのオルゴールが奏でるレハール（Franz Lehar）の『メリー・ウィドウ〔*The Merry Widow*〕』のあの陳腐なワルツは、マルセルに啓示を与えるヴァントゥーユのソナタのパロディと聞こえかねない。プルーストはあのみごとな円環的構造によって、作品を書くという救いをマルセルに与えることができた（サルトルの『嘔吐〔*La Nausée*〕』もここで思い出していいだろう）。ベケットにとっては、書くことは罪――この評論の中で彼が用いているプルースト的というよりは典型的にベケット的な例の文句で言えば、「生まれたという罪」――の救いどころか、むしろ逃れたくても逃れられぬ業《ごう》のごときものとなるであろう。

ベケットにおける恩寵の喪失はプルーストとは比較にならぬほど悪化している。だが、まさにそのことによって、ベケットの特権的創造物、すなわち道化が可能となる。クラップの健忘症は悲愴《パセティック》であるが、同時に滑稽《アブサード》でもある。また、クラップが代表するベケット的道化の一つの姿――密室の道化――が密室のプルーストに相通じるものをもつとすれば、そのもう一つの姿――放浪する道化――はおよそ非プルースト的である。フランス上流社交界の時間と習慣にくみこまれていたマルセルは「特権的瞬間」によってそれらへの隷属からの解放に憧れた。

それにひきかえ、ヴラジーミルとエストラゴンは、いずこともわからぬ国のすかんぴんの浮浪者であることによって、難なくそれらの桎梏《しっこく》から自由になっている。ただ、この解放は彼らにとっては「至福」どころか、皮肉にも「さて今度は何をしよう」という絶えざる滑稽な戸惑いをもたらすだけなのである。

それにしても、ジョイス、デカルト、プルーストと他人にことよせて書かれた文章では、しょせん隔靴《かくか》掻痒《そうよう》の感を免れない。本音を聞きとるためには虚構《フィクション》によらねばならぬ、という芸術の逆説に従って、ぼくたちもベケット的道化の声音をじかに聞き、その相貌をじかにまさぐるためには、結局、彼の小説《フィクション》に赴かなければならない。果たせるかな、「ダンテ……ブルーノ・ヴィーコ……ジョイス」と同じ年に発表されたベケットの最初のフィクション、「被昇天〔'Assumption'〕」と題された短編小説第一作において、ぼくたちは冒頭から「道化」に出くわす。そう、ベケット的道化の真の誕生の時と所は一九二九年六月『トランシジョン〔*Transition*〕』(一六―一七号)誌上であると明確に認定していいのだ。

雑誌のわずか三ページ半を占めるだけのこの小品は次のように始まる――

叫ぼうと思えば叫べるはずなのに、彼は叫べなかった。屋根裏の道化は悠然とステッキをついて行きつ戻りつしていたし、オルガン弾きは手をポケットに入れてぽかんと坐ったままだった。彼は無口だった。たまにしゃべるときも、しゃがれたような低い声で……

「屋根裏の道化」とか「オルガン弾き」に、ぼくたちはまず面くらうが、やがて前者がマロウンの言う「内なる道化」の最初の記念すべき顕現であること（「屋根裏」は頭蓋骨・大脳の内部か）、後者は従って「笑い・叫びの発生器官」を意味することがわかってくる。ともあれ、話の筋を辿ってみよう。この極端に「無口」な男（無名の「彼」）が不可抗力のごときものに駆られて長らく抑えつけてきた「叫び」は、ダムに堰《せ》きとめられた流れのように、だんだん水位を高めていくが、「女」の来訪はダムの石を一つずつ取り去る効果をもたらし、ついにあるとき、「女」を吹き飛ばさんばかりの「大いなる嵐のごとき音響」が発せられる。その余韻が「やがて四散して森の吐く息と溶けあい、脈打つ海原のどよめきとまざりあう」とともに、彼は「永遠の光の中に不可逆的に呑みこまれ、鳥もいない、雲もない、色もない空と合体したい」という「本望」を成就する。「人びとは、彼の乱れた死せる髪を愛撫している彼女を見出した」という一行がこの物語の結びである。

生みの親たる作者にさえ否認されて、この初産の嬰児は今日まで闇の中に遺棄されたままであり、批評家たちによってもほとんど顧みられることがなかった。しかし、ぼくに言わせれば、これはかなり強引な書きぶりにもかかわらず、奇妙な迫力をもった短編であり、さらにそればかりでなく、後年の作者の展開を胎児的《エムブリオニック》に含んでいるという意味で、みごとな処女作である。チェスのゲーム、緑の服の女、琴座の星、森、海、例の息など、のちの作品に偏執的に出没するかずかずのイメージをここに見出して、ぼくたちは息を呑む。とりわけ、道化の視点から見て面白いのは、冒頭の「屋根裏の道化《バフーン》」のほかに、作中、芸術論が開陳されるくだりで、「創造的芸術家」を「奇術師《イリュージョニスト》」と呼んでいることだ。さらに、それとの類比で主人公が（まだ密室に閉じこもるほど沈黙癖が嵩じなかったころのことだ）その寡黙さと低い声によって、かえって一座の騒音を鎮めて皆の耳をそばだたせる術に長じていたことを、「われらの低音の手品師《プレスティディジテイター》」と形容し、また「一種の芸術家」と称していることだ。主人公の職業はどこにも明示されていないが、おそらく作家ではあるまいか。

　とすれば、肝心なことは、主人公＝道化＝芸術家をめぐる以下のごとき動機群《モチーフ・クラスター》とでもいうべきものを、ここ、ベケット二十三歳の出発点において、確認することだ。「屋根裏の（内なる）道化」、「寡黙なる手品師」、彼の異常な沈黙への傾斜、その沈黙と争う激しい叫びの衝動、この争いを罰として彼に課した残酷な「あの力」（「神」とは言っていない）、それへの反抗、密室への閉じこもり、「女」の登場、彼女からの片思い、性的不能症を思わせる冷淡さ、二人の非性的関係、忍び寄る狂気の影、やがて沈黙が極まり叫びへの欲求が極まったとき、「女」を触媒として発せられる叫び、「永遠の光」への併呑《へいどん》の憧れ、言いかえれば虚無との恍惚たるニルヴァーナ的合体への憧れ、その成就、すなわち絶命……。

のちにはニルヴァーナは否定され、沈黙と叫びのせめぎあいは、一回の絶叫でけりがつくことなく、終わりなき呟きと独白の業苦に変じなくてはならないだろう。ここでは荒けずりな短絡が許されてしまっている。しかし、それだけに「末期《まつご》の眼」とも称すべき、作者の終生変わらぬ宿命的視点がむき出しになっているのである。命を賭けた沈黙との争いの果てに主人公がついにあげた大いなる絶叫——ムンク（Edvard Munch）の傑作「叫び」を思い起こさせるその叫びはニルヴァーナ成就の快哉の叫びとも、発狂を示すわめき声とも聞こえる。また人生という冗談に対する絶望の果ての大笑いとも、断末魔の苦悶の声とも聞こえる。それはまた同時に、ベケット的道化の誕生の産声でもあった——たとえマーフィーの産声のごとく喘息気味で未熟児めいていたにせよ。

道化の修業

母校で教えること一年、ベケットは「教えることは自分には不可能なことだ《ショーズ・アンフザーブル》」と悟って、辞表を出し、以後数年ドイツ、パリ、ロンドンと流浪する境遇に身を落とす。一九三三年には「大きな衝撃」であった父の死に会うなど、この時期は彼にとって経済的にも精神的にも極度に不安な危機だった、とベケットは述懐している。シュールレアリストたちの詩を英訳したり、ハンス・アルプ（Hans Arp）などと前衛的宣言《マニフェスト》に署名したりしたのもこの時期であるが、ぼくたちの話題は短編集 *More Pricks Kicks*（一九三四年）にしぼられる。'Prick' と 'Kick' の語呂合せであるこの表題はどうにも翻訳不可能なので、芸のない話だが、主人公の名に因んで

『ベラックワ奇談』と仮訳することにする。

表題の由来が欽定英訳聖書中の成句'to kick against the pricks'（牛が怒って突き棒を蹴る、かなわない相手に歯向かって痛い目にあう）にあることは一応確かだろう。主人公のはかない抵抗と屈従の運命がここに嗅ぎとれるというわけだ。だが、洒落はもっと多次元にわたって作用していると思われる。たとえば、'prick'（男根）、'kick'（活力・興奮・快感）の裏の意味《ドゥブル・アンタンドル》が隠されていることも、主人公の性的不能（ないし虚弱）から見て、たぶんまちがいない。だがそれよりも、ここで注目しておきたいのは、この題名にすでに道化の暗示が読みとれないだろうかという点だ。つまり「突き棒を蹴る」というのは勇ましい（カミュ＝サルトル的？）抵抗などであるよりは、むしろ自動車に接触された男が腹立ちまぎれに「こんちくしょう」と車輪を蹴とばし、「イテテテ」と足をさする、あのチャップリン的・漫才的な滑稽なジェスチャーを思わせる。むろん、闘牛の牛が悲劇的であるように、かなわぬ力にいじめられ、突かれ、追われる人間の根本的条件も悲劇的であり、それに対する抵抗は英雄的であろう。しかしベケット的人間は、これを茶番劇と見立てた場合の反英雄《アンティ・ヒーロー》的道化なのだ。このような悲劇的茶番劇はのちに『言葉なき行為2〔*Acte Sans Paroles* II〕』において、パントマイムとして凝縮され、突き棒の刺戟によって行為するマルセル・マイソーふうな道化によって人間の条件が演じられることになるだろう。

ここには一〇の短編が収められているが、主人公は共通であって、厳密には短編集というよりは、短編の連鎖による長編とでも呼ぶべきかもしれない。われらの主人公はベラックワ・シュア（Belacqua Shuah）という何やらいわくありげな名前の青年で、身分は無職、いや詩人である。彼がダブリンの具体的環境の中を動きまわり、市民たちと接触する物語が、全知の語り手の視点から語られるという意味でも、この処女短編集はジョイスにおける『ダブリン市民〔*Dubliners*〕』にやや似た位置を、ベケットにおいて占めると言えるかもしれない。しかしここには師の処女短編集の端正な写実主義も、ましてダブリンのすべてを捉えようとした『ユリシーズ』の巨大な野心もありはしない。気ままと称したいくらいの作者の筆さばきは、主人公の行動さながらに「ヴォードヴィル的な愉快な出まかせ」を思わせる。たとえば「ここで日が暮れて月がのぼるために、今は冬としておこう」と書いたり、「読者」に呼びかけたり、さらには「ベケット氏」を引き合いに出すなど、ジョイスのやらなかったことを平気でやらかす。小説の約束をからかうかのようなこうした荒唐無稽、傍若無人な語り口は、いわば作者としての道化ぶりである。

同じ道化ぶりは、地口《パン》や撞着語法《オクシモロン》からとんちんかんな直解主義《リテラリズム》にいたる過剰なほどの言語遊戯にも明らかである。ベルクソンの分類しそこなった卑語・猥語も、笑いをひきおこす修辞的技法の一つとしてふんだんに使われている。この言語遊戯はときに自己目的的に見えるけれど、実を言えば、この作品に浸透している痛烈な諷刺精神とシニシズムの一つの現われ方であることは明らかである。ブルジョア、インテリ、女、あらゆる人間と価値に対する容赦のない嘲笑と底深い嫌悪――若いベケットがここでかぶっているのは諷刺的道化（「苦い道化《ビター・フール》」）の仮面である。

しかし本題は作者のというよりは主人公の道化ぶりだ（両者の微妙な関係についてはあとで考えよう）。それを示す格好な場面が第九話にある。ベラックワは首のうしろにできている「煉瓦ほどの大きさの腫れもの《テューマー》」の手術を待ちながら、今いかなる態度を持すべきか迷っている。そのとき、彼の脳裡にジョン・ダン（John Donne）の逆説の一句が閃く――「今日の知識人の中で、泣くヘラクレイトスを見て笑うものは多かろう。だが笑うデモクリトスを見て泣くものは少ないのだ」。ベケットが例のアウグスティヌスの箴言の「思想」でなく「かたち」に魅せられたごとく、ベラックワはダンの「思想」よりも「その用語、対極的発想の英知」に魅せられたのだと語り手は言う（ついでながら、これはベケットにおける重要参考人の一人、デモクリトスの初登場としても銘記しておくに値いする箇所である）。「笑いか、涙か？　結局は同じことになる、しかしただいまどっちにすべきか？　両方ともなどという贅沢を言うには、遅すぎる。」そこで彼はデモクリトスの方を選ぶことに決める。これは彼としてはかなりの「自己否定《アブニゲイション》」であった。なぜなら彼は生来「涙をさそう哲学者には目がなかった」からだ。いま涙を流せば、人々は彼の「悲劇的仕草」を「人類一般の愚かしさに向けられたもの」と思わずに、手術の恐怖によるものと「誤解」するだろう。だからこそ彼は「精神を笑いで鎧《よろ》おうとした、笑いというのは本当は当らないのだが、まあさしあたりこれで間に合わせておこう……」。

以上はベラックワの心理の説明としてやや理に落ちすぎた嫌いがあるけれど、彼における涙と笑いの混じりぐあいを示すものとして、まあさしあたりこれで間に合わせておこう。要は彼が彼なりに悲劇的道化の役割を演じようと努めているということだ。彼の演技がまだいかにも未熟らしいということは、また別問題である。ついでに言うと、どこへ行っても周囲に嘲笑を誘うという彼のやや「グロテスク」な外見、そのだぶだぶのズボンや編上げのドタ靴《ブーツ》や変った歩き方が、すでにベケット的道化の特徴をそなえはじめていることは見逃せない。

ところで、彼はこのあと手術のための麻酔の手違いで、あえなく落命してしまうのだが、ここにいたるまでの彼の生活は傍目《はため》には多彩でなくもなかった。少なくとも六人の女と関係があり、そのうち三人と結婚しているのだから。しかしそれにもかかわらず、ベラックワに深くとりついているのは、深い孤独癖と一所不住の衝動である。彼は「場所から場所へたえず動くこと」によって現象の偶然性《アド・リブ》（「ヴォードヴィル的な出まかせ」）を受容できるのだ、と自称している。別に場所に好みがあるわけではなく、「場所というものはすべて彼がそこに身を置いたとたんに消えてしまう」のだった。この意味で、彼の放浪はピカレスクと称するには、奇妙に静的《スタティック》な趣きをもつ。彼自身はこれを「動く静止《ムーヴィング・ポーズ》」と呼んでいる。この句はベケット的道化の条件の一つである撞着語法《オクシモロン》好みを例証するばかりではない。以後の道化につねに含まれる放浪と静止という二重の動機を端的に要約していると言えよう。

ベラックワの放浪を具体的に示している第四話「ずぶ濡れの夜〔'A Wet Night'〕」には、いくつかの重要な動機が含まれている。たとえば、彼の人間（とくにインテリ）嫌い、女との非性的交渉、巡査に代表される「権力」。とくに泥酔して地面を這うベラックワの頭上にくり返される「止まるな《ムーガ・オン》」という巡査の命令は、のちのベケット的人物に「続けよ」と命じてやまぬあの不思議な声の前触れとして興味深い。しかしここで注目したいのは、卑しき肉体の虐待という主題である。冷たい雨に裸の胸を打たせる彼の自己加虐は、すでに第一話における彼の奇怪な昼飯にも窺えたものであった。彼が「祭儀《リチュアル》」の厳格さをもってつくる昼飯は黒焦げにしたトースト二枚に胡椒と辛子を塗った代物でこれによって口蓋が蒙《こうむ》る疼痛こそ、食欲と肉体に対する彼の侮辱の儀式となる。言いかえれば、「苦痛こそ彼の自己同一性《アイデンティティ》を保証する」のだった。

しかし、実をいえば、肉体は、努力して痛めつける必要もないほど、それ自体腐敗し崩壊しつつある。ベラックワは首筋の悪性腫瘍のほか、モロイを先取りするかのように、「足の指が腐り落ちようとしている」し、目は弱視で斜視、例のがに股の歩き方は飛節内腫《スパヴィン》の脚のせいである。

では、この唾棄すべき肉体にひきかえ、解放さるべきものは何か。精神である。いかなる精神か。くわしくは次作『マーフィー』にゆずるとして、簡単に言えば、それはデカルト的二元論（ベラックワの「腐ったゴルゴンゾラ・チーズ」への好みはデカルトの例の「腐った卵」への好みを想起させる）における精神、第三話での用語によれば、「唯我論《ソリプシズム》」的精神である。そして、この精神とあの肉体とが「連続《セクイトウール》」しているという観念」をベラックワが「冷笑」していること、従って彼の肉体の「行動」がいつも「不十分な動機」しかもたず、「いわば自然の法則そのもののような無償性《グラテューイティ》（脈略のなさ）」を帯びていることを見れば、今は足りる。

ベラックワは彼なりに「精神の生活」の完璧さを探求しているのだけれど、重要なことは、彼における精神は決して明晰な誇らしげなデカルト的理性ではなく、むしろはっきり言えば、狂気に接しているということだ。たとえば、ピクニックの途中でベラックワは遠くの建物（実は精神病院）を指さし、「ぼくの心はあそこにあるんだぜ」と言って、連れの女友達を煙に巻く。ここで、ベケット的道化に欠かせぬもう一つの要素がちらついてくるわけだが、この「気違い道化《ピエロ》」（しかしゴダール〔Jean-Luc Godard〕の映画の主人公とは何という違いだろう！）の肖像、この作品ではまだまだきわめて不十分と言わなくてはならない。

　ところで、彼の「心」が憧れる境地、すなわち肉体の離脱と精神の全的な解放に達するには、精神病院へ赴くよりも手っとり早い方法があるではないか。ここで、この短編集を貫く最大の動機の一つ、速やかな死の問題が浮かびあがってくる。第一話「ダンテと海老《ロブスター》〔'Dante and the Lobster'〕」で、海老が「ピンピン生きて」いるままで茹でられることに、ベラックワはひどく驚く。何を今さらの仏心、と呆れ怒る伯母のかたわらで、「まあとにかく、と彼は思った、こう速く死ぬだけでも神様の情というものだ。／とんでもない、速くなんかあるものか」。最後の一行は、語り手がしゃしゃり出てきてベラックワの甘さを叱りつけているのである。「速やかな死」に戦《おのの》きながら憧れているベラックワ。しかし、『トリスタンとイゾルデ〔*Tristan und Isolde*〕』のパロディのごとき第五話「愛と忘却〔'Love and Lethe'〕」において、カインを「早く死なせまい」とした神の残酷な「慈悲」にも似て、作者はベラックワの情死の試みを滑稽な失敗に終わらせ、この疑似カインの呪われた放浪を——この奇妙な道化の泣き笑いを——長びかせるのだ。

とはいうものの、小説の作者としては、いつまでも長びかせるわけにはいかない。そこで第九話において、作者はベラックワを死なせてやる。ただし、それは、始めに見たとおり、道化芝居ふうに無造作な、それこそ「ヴォードヴィル的な出まかせ」に近い死なせ方なのだ——

"By Christ! he *did* die!"

これは作者の「残酷でない慈悲」による「速やかな死」であろうか。「被昇天」の主人公の死には、作者の共感、このように死ねたらという羨望があった。それに較べて、ベラックワの死には、彼を突き放した作者＝語り手の痛烈なアイロニーがかくれもない。思えば、ベラックワは終始語り手の意地悪な揶揄嘲笑にさらされどうしだった。女友達との会話で彼がひそかにハムレットを引用したとたんに、語り手の「どうです、この文学青年」という半畳が入ったりするばかりではない。批判はもっと根底的になる。「ベラックワはしばしば自らを説明しようと焦《あせ》ってみじめな失敗に陥った」と語り手は言う——

いや、この焦り自体、彼が専有を主張してやまないあの精神の自己充足が欠落していること、われらの内的人間《インテルヌス・ホモ》氏のあわれな崩壊の証左であった（少なくとも私にはそう思えた）。これだけでも、彼が自分自身の影の下手糞な猿真似にすぎぬことが十分に暴露されていた。

そして語り手は「内的生活」、「精神の自己充足」の探求におけるこの未熟者、このだらしない「唯我論者《ソリプシスト》」を、努めて自分とは別人であると印象づけようとする。たとえば「以上の甘ちょろい文体は〔私のではなく〕ベラックワのものである」とか、さらに「私と彼とは以前は友達だった」のだが「私はだんだん彼に我慢ができなくなり」「ついに私は彼と手を切った、彼がまじめな奴じゃなかったからだ」とかいうのである。

しかし、「手を切った」というのは本当だろうか。四六ページで「手を切った」と書いている相手を、どうして作者はあと二百数十ページにもわたって追いかける情熱をもちうるのか。早い話が、「低さも低い低教会派《ロウ・チャーチ》プロテスタントのけちな知識人」という悪口などは、まさにベケット自身の自嘲ではないか……。ベラックワはまさしく二十八歳のベケットが創り出した分身《アルテル・エゴ》・影法師《ドッペルゲンガー》・仮面《ペルソナ》にほかならないのだ。それはまぎれもなくベケット独自の道化の特徴をはっきりそなえた仮面である。ただ彼はこれがおのれの分身として不十分であること、「おのれの影の下手糞な猿真似」であること、未熟な道化であることを承知していた。だから、ベケットがこの分身の未熟ぶりを批判することは、おのれの未熟ぶりを自己批判すること、もっと正確に言えば、未熟な分身しか創れないおのれの創造力の未熟ぶりをひそかに自嘲することにほかならなったのではないか。

そして、そういうアイロニカルな意味でなら、ベケットがベラックワと「まじめじゃないから」という理由で「手を切った」ということは嘘ではあるまい。のちのベケットの主人公たちにくらべたとき、ベラックワは、「道化」として未熟であるのと同じように、マロウンの言う「まじめさ」において不足していると認めざるをえない。ということは、のちの主人公たちの創造者にくらべたとき、ベラックワの創造者はより未熟であり——誤解を恐れずに言えば——より「不まじめ」だということだ。これは、おそらく誰よりも作者自身が知っていたことであった。だからこそ「私は彼と手を切った」という言葉が意味をもってくるのだ——すなわち『ベラックワ奇談』一巻はベラックワへのベケットの訣別の辞であったという意味を。ベケットはこの作品を初版だけで絶版にしてしまう。

最後に、主人公の名前の由来について触れないわけにはいかない。シュアは『創世記』中のオナンの祖父の名であり、おそらく「オナニズム」と主人公の「唯我論《ソリプシズム》」や生殖への嫌悪との類縁がひそかに暗示されているかもしれない。ベラックワの方は『神曲・煉獄篇〔*Divina*

Commedia: Inferno」』第四歌に登場する怠け者の名である。彼は臨終の瞬間まで告解を引き延ばした罰として、現世にいたのと同じ年月だけ煉獄前地《アンテ・パーガトリー》で待たないと、煉獄には入れない。煉獄の山を登ろうとするダンテが出会ったときの彼は、「登って何になる？」とばかり「膝と膝の間に頭を垂れた」姿勢でしゃがみこんでいる。『神曲』を読んでここにいたったとき、ベケットの心の奥深くで何かがカチリと決定的に動いた——そんな瞬間をぼくは想像する。現世的労働への深い嫌悪、宗教的改悛への怠惰、罰としての待機、死後において反覆され反芻《はんすう》される生の時間、これらはすべてベケット的主題を触発するに足るものだ。だがそれ以上にベケットを虜にしたのは、この人物の姿勢そのものだったにちがいない。それはやがて子宮内の胎児の姿勢と二重写しになり、新しい誕生・救い・終末を果てしなく待つものの姿として、雨に打たれるベラックワからのちの作品にいたるまで、くり返し現われる原型的イメージとなる。ダンテはなかば皮肉、なかば親愛の情を寄せながらも、ヴェルギリウスにせき立てられて、ベラックワをあとにした。ベケットの反応はもっとはるかに複雑で曖昧《アンビギュアス》だったはずである。作者（頭文字S・B）が命名した最初の主人公（頭文字B・S）——両者は、本を絶版にすれば手が切れるといった浅い仲であったはずがない。

一九三七年、ベケットはどうやらパリに落着く。デカルトをしのぐ朝寝坊、最低限の仕事として『トランシジョン』のための翻訳や雑文書き、それ以外には無為懶惰《らんだ》のオブローモフ的毎日。ジャコメッティ（Giacometti）やデュシャン（Duchamp）と知り合ったのもこの頃だ。しかし、流浪と無為の数年間とはいいながら、三五年には詩集『こだまの骨、その他の文反古〔*Echo's Bones and Other Precipitates*〕』がパリで、三八年には最初の長編小説『マーフィー〔*Murphy*〕』がロンドンで出版される。

この小説の主人公は確かに作者以上にオブローモフ的である。だが作品そのものは無為懶惰どころかきわめて厳密な推敲のみが生み出しえた高い完成度をもっている。作品の構造と文体の質においても、主題の明確化と主人公の造型においても、短編集『ベラックワ奇談』はまさにこの長編のための習作にほかならなかったと、ぼくたちは納得できる。ということは、ただし、滑稽小説的・道化芝居的要素が抹殺されたことを意味するものではない。むしろ逆である。

外見からいえば、物語の筋立ては一種のドタバタ追跡小説であって、五人の人物が主人公マーフィーを追いかける。舞台はまずダブリン。クーニハン嬢はロンドンに行ったまま音沙汰ない婚約者マーフィーを追ってコークからダブリンにやって来ている。マーフィーのかつての恩師であり今は彼女を恋しているニアリーもダブリンに来るが、彼女は、マーフィーの死か心変りか浮気か破産か、いずれかの証拠をもってこなければなびかぬと言う。ニアリーは下男のクーパーをロンドンに派遣する。ニアリーのもう一人の教え子ワイリーはニアリーにロンドン行きを勧め、そのあとでクーニハン嬢に近づく。ニアリーに馘《くび》にされて戻って来たクーパーは改めてこちらの二人の手下となり、三人揃ってロンドンに赴く。ロンドンでは、このアイルランド四人組の追いかけるマーフィーは娼婦シーリアと同棲している。彼女もやがて帰らぬマーフィーを探す（あるいは待つ）身となる……。最後に、事故で死んだマーフィーの検死の場面で一同顔を揃え、散っていく――ニアリーはかつての恋仇で今は親しき友となるべかりしマーフィーを失った悲しみのうちに、ワイリーとクーニハン嬢はいずれ結婚すべく、クーパーは酒場に向かって、そしてシーリアは昔の商売に。

　この追いかけっこのおかしさはほとんどマルクス兄弟的である。（一人物が語る「エンゲルス姉妹」という謎めいた言葉は、きっと「マルクス兄弟」のもじりにちがいない。）あるいは、全知全能の作家の特権を思うさま駆使して、人物たちを離合させ集散させる手口（「マーフィー以外はみんな操り人形である」と作者は臆面もなく言ってのける）は、伝統的なよくできた《ウェル・メイド》小説の物語性のパロディとも言えるし、さらには、たとえば第五章を「恐ろしいことが起こったのだ」という文で終えながら、次の二つの章では全く別の話となり、やっと第八章で明らかになった「恐ろしいこと」は実は本筋にはあまり関係のない事件だった、といった書きかたは連載もののスリラーか何かのパロディに見えなくもない。このような状況のおかしさに加えて、簡潔な筆致で造型されたさまざまな忘れがたい副人物の性格的おかしさ、および難解きわまりない衒学《げんがく》性から下品きわまりない地口にいたる文体的・言語的おかしさがこの作品を無類の滑稽諷刺小説としているのである。「初めに地口ありき」という箴言に敬意を表して、実例を紹介すれば、“Why did the barmaid sham pain《シャンペーン》? Because the stout porter《スタウトポーター》 bitter《ビター》.”（なぜウェイトレスは痛がったのか？　太った門番が彼女を嚙んだからさ。）酒の名前を綴り合わせたこの猥雑な洒落に、シーリアは笑わないのだが、マーフィーは癲癇《てんかん》の発作を起こしたみたいに笑いころげる。Celia＝S'il y a というシュールレアリスム的地口もある。

　ところが、追いかけっこの目標である主人公マーフィーに焦点を合わせ、そして彼自身もまた何かを追い求めているのだということがわかってくると、事態は大きく変わってくる。すなわち、何かを追い求めているマーフィーを追い求めるゲームにぼくたちも参加するとき、この作品は形而上的主題をもった思想的小説の趣きを呈してくるのである。マーフィーが追い求めているのは何か。あるいは、彼は自分自身を、自分の本質・正体《アイデンティティ》を、求めているのだとすれば、その彼の本質とは何か。それに答えるには、スピノザ（Spinoza）をもじって「マーフィーがおのれを愛するところの知的愛《アモール・インテレクトゥアリス》」と題された第六章を要約するにしくはないだろう。

ここで作者は、「自分自身を説明しそこなったベラックワ」の轍を踏まぬために、マーフィーに代って「マーフィーの精神」を明快に分析してくれている。

まず、「マーフィーの精神」はライプニッツ（Leibniz）のモナドにも似た「外なる宇宙に対してヘルメス哲学的に密閉された大きな空《うつ》ろな空間」として表象される。ただしこれはバークレー的な観念論ではなく、外界の存在を認めるデカルト的二元論を意味する。マーフィーは「閉ざされた自足的空間」である精神と、「偶然性」「有為転変」にさらされている外界の直接的代表である肉体とに二分されている自分を感じていて、ベラックワと同じく、両者の間にいかなる「連続」が存在するのか理解できない。おそらく「時空を越えた」「超自然的な」何らかの「力」から発せられた刺激が精神（意識）と肉体（外延）とに、人間にはわからぬ仕方で、別々に気ままに伝えられるのであろう、と彼は考えている。（この点で、マーフィーの立場は、デカルトが精神と肉体の接点として想定した松果腺《コナリウム》の存在を否定して、師の二元論を偶因論《オケイジョナリズム》にまでつきつめたハーリンクス（Geulincx）やマールブランシュ（Malebranche）に近いと言うべきかもしれない。哲学を集中的に勉強していたこの頃のベケットを、デカルト以上に魅了したのがハーリンクスであった、という事実はきわめて重要な意味をもつ。）

さらに詳しくいうと、マーフィーの精神は三つの層に分割できる。第一の「光明の層」では、外界または肉体的経験の要素とパラレルな「形象《フォーム》」が存在し、これを逆転したり弄んだりする楽しみが得られる。これはいわば意志や欲望の影をとどめている白日夢の領域である。第二の「微光の層」には外的経験に見合った「形象」は存在せず、この「安らぎの状態」には自由な「瞑想」の喜びだけがある。この喜びを作者は「ベラックワ的至福」とも呼んでいるが、むろんこれは、生から解き放たれしかも煉獄の贖罪からもまだ自由であるという煉獄前地で長長と夢想に耽っていたダンテのベラックワを羨んでのことであって、ベケットのベラックワはまさにこの「至福」に到達しそこねたのだった。さて、第三の「暗黒の層」は「純粋な形象が果てしなく、無限定に、生成し消滅していく」デモクリトス的世界、作者の言葉でいえば「非ニュートン的な混沌たる運動」の領域、である。この「絶対的自由の暗黒の中の一粒の塵」となってゆれうごく喜びこそは、マーフィーにとって至高のものだという。

作者の口調はなかばまじめ、なかば戯れであるのだが、ともあれ、マーフィーの求めるのは、「大宇宙《ビッグ・ワールド》」の「偶然性」と「肉体」の「有為転変」とを逃れて、右のような「精神」の「小宇宙《リトル・ワールド》」にひきこもり、そこで唯我論的に「自らを愛する」ことである。この境地を味わうため彼が実践しているいとも珍妙な方法がある。自分の裸身を七枚のハンカチでゆり椅子《ロッキング・チェア》にゆわえつけ、最大限に椅子をゆらすのだ。ゆれるほどに、肉体は鎮《しず》まり、精神は解き放たれて、彼は精神において自由に生きはじめるという仕掛けだ。そして物語の進行は、次第に第一と第二の層よりも第三の層を――「虚無」あるいは「無意志《ウィルレスネス》」の領域であるあの「暗黒の層」を――激しく求めるようになっていくマーフィーを示す。こうして意志や欲望を解脱した「虚」の点を追い求める主人公を、副人物たちがそれぞれの欲望の達成のために必要な媒体として追い求める――つまり追いかけっこの原点ないし台風の目がこのような「虚」、「空《うつ》ろな空間」であるところに、この作品の構造上のアイロニーがある。

しかし、「精神の生活」を求めるマーフィーの神秘学的探求は簡単には成就しない。論より証拠、彼はシーリアと別れることがなかなかできない。彼の中の彼が愛する部分、すなわち精神は彼女を憎む。なぜなら、彼の神秘主義的神学における師ニアリーが「報われた愛とは短絡《ショート・サーキット》である」とばかりクーニハン嬢を求めるのに反して、弟子の精神はまさにそのような「短絡」を拒否しようとするからだ。しかし、彼の中の彼が憎む部分、すなわち肉体はシーリアを愛している。しかもこのように分裂した「薄汚ない唯我論者」は、彼女と暮らすためには、働いて稼がなければならない。でなければ、彼女が再び街頭に立たなくてはならぬからだ。彼は自分をイクシオンやタンタルスになぞらえて、働くのを渋るが、ついに、「星占いによっては」と逃げていたその星占い表《ホロスコープ》を彼女につきつけられる（彼女の商売を考えればこれはまさに

“Whoroscope”だ）に及んで、職探しに出歩かざるをえなくなる。マーフィーの探求はここにもう一つ次元を増やしたことになる。

デカルト＝ハーリンクス的な精神と肉体のちぐはぐな結びつき自体にすでに滑稽さが胚胎している（そこに滑稽小説家ベケットの大きな発見があった）。さらに加えて、孤独を愛するこの「内的人間《インテルヌス・ホモ》」が外界を放浪するとなれば、そこに多くの滑稽が生ずるのは、ドン・キホーテ以来、必定の成行きである。彼は意図せずして道化となる。人間嫌いのアルセストを例にして「他人と接触することを心がけずに、自分の道を自動的にたどる人物は滑稽である。笑いはこの人物の放心を矯正し、彼を夢想から引き出すために、存在する」という「笑いの社会的しごき」を語るベルクソンの言葉は、ラ・マンチャの騎士にもダブリンの唯我論者にも十分あてはまるのだ。彼の格好を真似てはやしたてる近所の悪童たちのおどけから、ある雑貨店の求人に応募した彼が浴びせられる嘲笑にいたるまで——結局は「この無理数野郎《ザウ・サード》め！」と要約できるさまざまな嘲笑はまさしくそのような「しごき」である。確かに彼は合理的な整数の支配する現実世界における不条理《イラショナル》の無理数（surd また irrational ともいう）であり（ついでに彼の憧れる「第三の層」は「無理数の行列式《マトリックス》（あるいは母胎《マトリックス》）」とも呼ばれている）、語源の示すとおり、「滑稽」（absurdus）で「つんぼ」（surdus）で、要するに「頓珍漢」なのだ。

ただし、マーフィーはこんな「しごき」によって「矯正」されるどころか、ますます「自分の道をたどって」いく。そしてついに彼は理想的な職に出会う。ある精神病院の看護人の口だ。ベラックワが遠くから望見しただけだった精神病院の内部に入ったマーフィーは、そこに、彼が求めていた「精神の生活」がみごとに実現されているのを見出して感動する。なぜなら、彼にとって、患者たちは願わしい「体制《システム》」から不幸にも追放された人々ではなく、人生という「巨大な失敗《フィアスコ》」からこの「聖　域《サンクチュアリ》」に逃れた幸いなる人々に思えたからだ。外界への全き無関心、「暗黒の層」への全き没入を実践しているこれらの狂人こそ、正常を自称するものたちよりも本質的に正気なのではないか。マーフィーにこの職をゆずったティックルペニーやニアリーが「発狂するのではないかという自惚れた恐怖」――「理性を失うことを恐れているやつには理性は栗の毬《いが》のようにくっついて離れないものだ」――に捉えられているのに反して、マーフィーは狂人たちと自分との間に深い共鳴、親密な波長の一致を感じる。患者たちも彼にはおとなしく従う。第九章のモットーに掲げられた「世界の外に生きるものにとって自分と相似た同胞を探さないでいることはむずかしい」というマルロー（André Malraux）の言葉は、その意味でまことに適切だ（ただし、孤独を契機とする連帯という点においては適切ながら、「戦いつつ死ぬというのはおよそ彼の生き方とは正反対だった」という非行動的マーフィーと狂人たちとの連帯は、実は『人間の条件〔*La condition humaine*〕』における行動的人間同志の悲劇的・英雄的な連帯の正確な、アイロニカルな裏返しである)。

ではマーフィーの探求は終わったのだろうか。彼は幸せな狂人の一人になれるのだろうか。いや、患者たちは本当に幸せなのだろうか。全編のクライマックスを見なければならない。夜番のとき、彼は大のお気に入りの分裂症患者エンドン氏とチェスをさす。三ページにわたる棋譜によれば、氏はいわば反《アンティ》チェス(?)の名人で、相手を攻めるどころか、完全に相手を無視するかのように、その手を封じつつ、自分が最初の陣形に戻るまでの美的パタンだけを楽しむ。ゲームの終了直後、マーフィーは発作に見舞われたかのごとくに「虚無」——かの笑う哲学者デモクリトス(英語版では「かのアブデラ人」、フランス語版では「かのアブデラの道化役者」)が「何ものよりも現実的である」と言った「虚無」(Nothing)——のヴィジョンを見る。さらに、彼はエンドン氏の瞳をみつめて、自分が「氏の不可視の世界における一つの斑点《しみ》(フランス語版「原子」)にすぎぬことをありありと見てとる。彼は両親やらシーリアやら既知のものの形象を思い浮かべようと必死に努力するが、できない。このあたり、肝心のクライマックスの描写がきわめて省略的なのだが、察するに、このときはじめて彼は真に「第三の暗黒の層」を体験したのだ。そしてそれが「狂気」——神聖な? それとも精神分裂症的な?——の層であることを垣間見て、「虚無」の一片に本当になりかかった自分を知ったこのとき、彼ははじめて深く戦慄する。そしておぼろげながら決心する、病院を出よう、シーリアのもとへ帰ろう。その前に、ゆり椅子であの親しい「第二の微光の層」に遊んで、精神を回復してからにしよう……。ところが、これまたたわいない原因でガスの爆発事故が起こり、ゆり椅子の上で彼は焼死してしまう。

マーフィーの遺灰が、「アベイ劇場の水洗便所に流すべし」という遺言にそむいて、酒場の床にまき散らされてしまうグロテスクなユーモアもさることながら、ぼくたちは彼の探求の成否を検討しなければならない。おそらく、彼が患者たちの中に「精神の生活」の至福を見たと思ったとき、彼は主観的な読み込みを犯したのではなかったか。それかあらぬか彼は患者たちと自分との距離を徐々に思い知らされる。そしてついにエンドン氏との一件によって、自分が狂人になれぬこと、あるいは（精神分裂の徴候が彼にないとは言えないとすれば）狂人になっていはならぬこと、言いかえれば「暗黒の層」の真の危険を、遅まきながら悟ったのである。彼が安易に（ベラックワに較べればはるかにまじめだが）憧れていたように、肉体とすっかり絶縁することはできないのだ。精神に、とくにその「暗黒の層」に没入することは、「報われた愛」と同じように「短絡」だ。もし「暗黒の層」が分裂症的「狂気」を表わすとすれば、彼はなりそこねた狂人として生きていかねばならない。もしそれが聖なる神秘的エクスタシーのヴィジョンを表わすとすれば、彼はなりそこねた神秘家として生きていかねばならないのだ。

　マーフィー自身がおそらくそう悟った瞬間に、彼は死ぬ。それは作者の「慈悲」であったのか、それとも美学的要請であったのか。作者が、ベラックワの場合に較べればはるかに微妙とは言いながら、ここでもアイロニカルな距離を持していることは否定できない。たとえば、マーフィーの認識のどん底または頂点をなす瞬間に引用されるあの「虚無ほど現実的なものはない」という箴言にしても、この名句を吐いたとき「アブデラの道化役者」は下品でおぞましい「馬鹿笑い《ガフォー》」をしていたのだ、と語り手は注釈する。またマーフィーは、かつて思いめぐらした「カオス」と「ガス」の語源的連関を立証するためであるかのように、皮肉にも「生」の「混沌《カオス》」から「死」の「秩序《コスモス》」へと「ガス」事故によって落ち込む、または跳躍するわけだ。

　ともあれ確かなことは、彼の探求が途中で挫折して終わったことだ。だが作者ベケットとしては、マーフィーをこうして死なせることによって、処女作以来追求してきた主題に一応の区切りをつけることができたと言えよう。これを主人公造型の問題として言い直すなら、のちのベケットが、「わがもの」として認知しうる頭文字Mの最初の主人公がここに創られたということだ。また、それは、作品の構造に即して言うなら、まがりなりにも市民としての主人公

（あるいは厳密には市民に囲まれた主人公）を物語《プロット》の枠の中に置いた伝統的形式の小説としては、これがベケットの最後の作品となったということを意味する。『マーフィー』をみごとに完成することによって、彼は伝統的形式に別れを告げることができたのだ。

市民でない主人公が「速やかな死」を許されずに果てしなく探求し放浪する物語が、新しい形式で展開されるには、次作以後を待たなければならない。

一九三九年、たまたま故国にいたベケットは大戦勃発とともに急ぎパリに帰った。「平和なアイルランドより戦争のフランスを私は選んだ。」占領下のパリ、彼は中立国民の身分を利用して情報係として抵抗運動に参加する。彼がかつてジョイスの「アンナ・リヴィア・プルラベル〔'Anna Livia Plurabelle'〕」を共訳し、のちに『マーフィー』フランス語版を献げた高等師範学校以来の親友ペロン（Alfred Perron）はゲンシュタポに捕えられ、やがて収容所で死んだ。数時間のきわどい差で下宿での逮捕を免れたベケットは、南フランスの田舎に逃れ、四二年から四五年にかけての二年余りをここで百姓として過ごすことになる。

畑仕事の疲労と退屈をまぎらすために書かれたのが長編第二作『ワット〔*Watt*〕』である——と一応言っておこう。確かに、ここには抵抗運動の体験とか親友を失った悲しみや憤りといったものは、ある種の読者の期待を裏切って、およそ痕跡をとどめていない。少なくともこの作品の主人公はマーフィー以上に「抵抗しつつ死ぬ」という信条から遠い、「おとなしい」人物である。一見して、ここにあるのはまさしく暇つぶしの筆のすさび、徹底的に無償な言葉との戯れでしかない。この戯れは具体的にはしばしば、ある事柄に関して、またはその事柄の説明として、考えうる可能性のすべてを順列組合せ的にもらさず列挙するという形をとる。ぼくたちの言葉に直せば、「ああ言えばこう言う」または「ああも言えるしこうも言える」というあの道化の論理を、初等数学的に徹底させようとした感がある。その徹底ぶりの例を少しあげよう。

ノット氏の食事の方法を決めたのはノット氏自身か、ほかのものか、ノット氏でないとすれば氏はこの方法の実現を承知しているのか否か、とワットは考えめぐらし、一二の場合を列挙する。（1）決めたのは氏であり、氏はそのことを承知しており、この方法の実施をも承知している。（2）決めたのは氏ではないが、氏は決めたのが誰か知っており、この方法の実施をも承知している。（3）決めたのは氏であり、氏はそのことを承知しているが、その方法が実施されていることは知らない。（4）決めたのは氏ではないが、氏は決めたのが誰か知っている、ただしその方法が実施されていることは知らない……もちろん、この一二の場合は「氏が満足している」場合であって、逆の場合はさらに一二の可能な説明がありうるわけだが、読者としてありがたいことには、「ワットはその他の可能性をさしあたって考慮に値いしないとみなし」て、省略する。次いで、ノット氏の食べ残しを犬に与える方法が九ページにわたって列挙され、つづいて犬の持主であるリンチという貧乏人の一家の五世代にわたる近親相姦的系図（これも一種の順列組合せだ）が一一ページにわたって紹介される。その他、ノット氏のベルについて、二つの金網の塀にあいた穴について、ノット氏の靴下と靴とスリッパのはき方について、読者の忍耐力を無視した仮借ない順列組合せが蜿蜒《えんえん》と書きつらねられる。なかでも圧巻は、三〇ページになんなんとする学生ルイと審査委員会の応答のくだりであろう。

いったい、ベケットは小説でなく、初等数学か初等論理学の教科書の滑稽版でも書こうとしたのだろうか。いや、それらの駄目押し的な順列組合せの多くは通常の意味で滑稽でさえないのだ。滑稽だとすれば、それは退屈がそのまま滑稽であるような、およそ非ベルクソン的な範疇に属さなければならない。退屈を殺すためにかくも不毛な退屈を創り出すことに専念するとは、何という筆のすさびだろう。とにかく、これほど完全にいわゆる小説的興味を無視した小説はかつて書かれたことがないと断言して、おそらくまちがいない。同郷の偉大な先輩たち、スターン（Laurence Sterne）やスウィフトやジョイスはいずれ劣らぬ脱線の達人であった。しかし『ワット』におけるベケットの順列組合せ的脱線はこの伝統をさらに竿頭一歩すすめたものであり、読者を徹底的にうんざりさせることによって、ほとんど小説そのものを崩壊せしめかねないところまで来ている。

もちろん、ベケットは小説という形式のパロディを意図していたのだ、と言うこともできよう。たとえば、まるで疎開先で専門の参考書にあたることができないので、と言わんばかりに、ある専門用語を疑問符で置きかえたり、「原稿この部分空白」と挿入して話を飛ばしたり、巻末に「附録」として「疲労と嫌悪に妨げられて本文中に組みこみそこねたところの貴重かつ有益な資料」を附したり、スターンばりの悪戯は随所にある。『プルースト』の中で冷笑した伝統的小説の「もっともらしく事件を連鎖するあの卑俗さ」を、『マーフィー』においては敵の上を行くほどに利用してみせたベケットは、ここでは逆に筋立て《プロット》を脱線の中にほとんど完全に埋没させている。場所や時間の明確な枠組はあとかたもない。

しかし、結局そういう小説技法の次元だけでは話は片付かない。少なくとも、つれづれなる筆のすさびに秘められた「あやしい物狂おしさ」まで掘下げてみなければ、技法の真の意味は合点できないだろう。ともあれ、主人公のあとを追ってみよう。

ワットははじめ三人の（たぶんダブリンの）市民たちに観察されるというややマーフィー的

状況の中に登場する。その中の一人、せむしの老人ハケット氏（ベケットを思わせる）は、ワットとは何者《ワット》かと激しい好奇心をもつけれども、結局、旅なれた一所不住の、牛乳しか飲まぬ赤っ鼻の男で、おそらく大学出であるといった程度のこと——それに「頭が少し変なのではないか」という推測も行われる——以外には、ほとんど「何もわからない」。次にワットは駅でミルク罐をもった駅員とぶつかって、「悪魔に呪われて、背中にこぶでもこしらえられやがれ」とどなられる（ベラックワの「癰《よう》」からマロウンの言及する「こぶ」にいたるまで「せむし」のイメージはサーカス的連想をこめてベケットに頻出する）。ここで彼が肉体的に不器用であること、また彼が「微笑する」ことができないことを、ぼくたちは知る。汽車をおりてから、彼の歩き方が克明に描かれる。この途方もない「綱渡り芸人的千鳥足《フュナムビュリスティック・スタガー》」こそは、ベケットのすべての主人公の歩き方の集約である。

　ワットがめざしているのはノット氏の家である。まるでカフカ Kafka の『城』(*Das Schlos*)をもじったかのように、最初鍵がかかっていたはずの裏口から「どうやってだかわからぬが」中へ入る。ただし作者が巻末の「附録」で「象徴が意図されていないところには象徴はない」と釘を刺しているとおり、象徴的読み込みはここでは禁じられているのであって、ことはきわめて論理的に味気なくワット自身によって解明される。つまり、彼の勘違いで鍵ははじめからかかっていなかったのか、または、はじめはかかっていたが彼の表口の方を廻ってくる間に誰かが中からか外からか開けておいたのか、どちらかだ。しかし裏口から入ったのは確かだけれど、上のどちらの場合であるかは「永遠にわからないだろう」というわけだ。こうして、ノット氏邸におけるワットの経験、簡単に言えば認識の不可能性の経験が始まる。市民たちにとってワットが不可知な人物であったように、ワットはいま彼にとって不可知である世界の中に入っていったのだ。ノット氏邸は彼にとって地獄めぐりまたは楽園の瞥見であった、いずれにせよ一つのイニシエイションの儀式であった……。こうしてぼくたちは、作者の警告にもかかわらず、象徴的解釈を犯しそうになる自分自身を見出す。

かつてのワットはどんな事柄についても「これが起きたことだ」と言うことができた。が、いまや彼は「しかじかのことが起きた」と言うことができなくなってしまった。いわんや「起きたことの意味」（真のではなく一応の意味でさえ）について語ることができなくなってしまった。ありようは、ノット氏邸においては「何も起きない」（nothing happens）のだ、いや「無であることが起きる」（a thing that is nothing happens）のだ。この「無」について、とくに神秘的に、形而上的に、象徴的に深遠めかして語ってはなるまい。『ワット』の語り口はむしろウィトゲンシュタイン（Ludwig Wittgenstein）の『論理哲学論考〔*Tractatus Logico-Philosophicus*〕』

のそれにいささか似て、あくまで平明で非情緒的なのだから。確かなことは、事件から完全に意味と輪郭が欠如した世界、作中の言葉で言えば「壺《ポット》」という名辞がその実体と遊離してしまった「意味論的《セマンティック》」崩壊の状況――つまり人間の認識の成立をふつう助けている諸前提が理論的極限まで剝奪された地点に、ワットは陥ったのである。

そして彼はこの状況を「受け入れる」ことができない。彼は苛立つ。ノット氏の食事をめぐる可能性を列挙するあの気違いじみた執拗さは、単に作者の遊びではない。現実を確認しようとするワットのせっぱつまったあがきなのだ。頼るべき何ものをももたなくなった人間の知性の土壇場の姿なのだ。その姿が同時に不毛な順列組合せを弄ぶ一種の遊戯、空しくも滑稽な遊戯に見えてくるとすれば、まさにそこにこそこの作品の本領があるのだと言わなければならない。なぜならこれは、ヨーゼフ・Kよりももっと仮借ない無意味さと裸形の岩盤に突きあたった人間の戦慄すべき悲惨についての小説であり、そして同時に認識論的滑稽小説の力技《トゥール・ド・フォルス》とでも称すべき作品であるからだ。

ワットの世界の無意味さと不可知性の、また彼の苛立ちの焦点（あるいは結び目《ノット》）であるノット氏については、多くを語る余裕も、必要もない。ワット自身、長く彼の召使いとして暮らしながら、ほとんど何も知らないのだ。『城』のクラムに似た不可解な象徴であるといった定義を含めて、あらゆる肯定的《ポジティヴ》定義を否定《ノット》する存在であり、あらゆる問いかけ《ワット》を拒否《ノット》する存在である。「無」(naught)であり「すべて」である。その意味で「神」に等しいとも言えるが、しかしまた茶化して言えば「何でもかまわぬ」(what-not)のである。つまり、のちのゴドーの正体に似てくる。

さて、何か月か何年かたったある日、新しい召使いがノット氏邸に現われると、ワットは入れ違いに去っていく。「何ものもとどまらぬがゆえに何ものも変わらぬ、すべてが往き来するがゆえに何ものも往き来せぬ」という、マーフィーのデモクリトス的暗黒層にも似たノット氏の世界に永住することなく(どんな召使いも永住は許されないのだが)、ワットは出ていく。「彼は何を学んだのか」と語り手は尋ね、「何も《ナッシング》学ばなかった」と答える。しかし少なくとも彼は「滞在の終りごろには、何も起こらないこと、無が起こることを受け入れること、それに耐えること、を学んだ、いやそれをひそかに好むようにさえなった」のだった。「事態をよくしよう、理解しようとする苛立ち」がついに「無《ナッシング》」になったのは、語り手の言うとおり「ちょっと《サムシング》としたことではないか」。去るときの彼が「前よりももっと衰弱しもっと孤独になった」のは「ちょっとしたこと」ではあるまいか……。

答えは曖昧《アンビギュアス》である。従って、ワットの将来も曖昧である。彼が「苛立ち」を完全に克服して悟りすますだろうとは思えない。また、閉ざされたノット氏邸の小宇宙におけるイニシエイションののち、外なる大宇宙、すなわち社会の中へと主人公が旅立つなら、これはまっとうな教養小説であろう。だが、この小説の終わりで、汽車に乗ろうとしたワットが、再び市民たちの手ひどい嘲弄――どころか失神して文字通り汚水を、浴びせられるとき、この「早発性痴呆気味の知覚麻痺《カタトニック・ステューパー》」の主人公が社会復帰する見込みは、まずあろうとは思えない。というより、実は、その後の彼の行先がほかならぬ精神病院であることを、ぼくたちはすでに第三部（四部からなる物語の時間構成がここで倒置されている）において知っているのだ。しかも今度は、看護人としてでなく患者としてである。処女作以来の狂気の影がここに初めて顕在化した。ワットの順列組合せの「気違いじみた執拗さ」と前に書いたが、むべなるかな、ぼくたちは本物の狂気に傾斜した精神の示す異常な明晰さに直面していたのだ。ワットと語り手が精神病院の庭で鼠を捕まえ、首をひねり、肉親の鼠に合わせることによって、「神」に似た楽しみを味わう――というくだりなど、その何気ない語り口にもかかわらず、いや、それゆえに、かつて文学に描かれた最も恐ろしい場面の一つであろう。

　このようなゼロ地帯（それはたとえば圧倒的に露出過度にした白っぽいフィルムを思わせる）における精神の狂態を、筆のすさびと称して克明に見つめつづけた作者ベケットの「物狂おしさ」に、ぼくは戦慄する。ここに笑いがあるとすれば、それこそはワットの前任者アルセーヌが分類した「第三の笑い」であろう。第一の「善でないものを笑う苦い笑い《ビター・ラーフ》」、つまり倫理的笑い」でもなく、第二の「真でないものを笑う空ろな笑い《ホロウ・ラーフ》」、つまり知的な笑い」でもない。それらは諷刺的笑いだ。第三の「知性を通り抜けた笑い」、「おかしくない笑い《マースレス・ラーフ》」、「笑いの中の笑い」、「笑いを笑う笑い」、「純粋な笑い《リースス・プールス》」、「最高の冗談への挨拶」、「一口で言えば、不幸なるものを笑う笑い」――ベケットが『ワット』を書きながら笑っていたとすれば、それはこの第三の笑いではなかっただろうか。

精神という小宇宙への眼差しの仮借なさ、外界という大宇宙の否定の狂暴さ、その帰結としての小説形式の破壊の徹底ぶり、笑いの純粋化――そのいずれにおいても『ワット』は『マーフィー』から決定的な一歩を踏み出した作品である。現代文学の中にベケットが開拓した未知の新しい領域は、本格的な意味ではここから始まると言うべきであろう。いや、ある点ではその後の彼の作品さえ『ワット』の試みを凌駕することはむずかしいだろう。では、なぜぼくはこの作品を「修業」の章におさめるのか。

第一に、構造上の問題がある。この小説の語り手「私」が実はワットの精神病院における仲間サムであることが、第三部で明らかになる。狂人サムが狂人ワットの話を聞いて書きとめたのがこの小説であるというわけだ。「サム」がベケットを思わせることも含めて、この相対的または曖昧な設定は、全知の語り手による一方的または客観的構造であった『マーフィー』に較べて、確かにずっと微妙で複雑だ。しかし、これでは主人公ワットはやはり三人称で語られなくてはならず、読者は彼の精神に「直面」することはできない。しかも作品の冒頭および末尾の場面については、ワットが語ったはずも、サムが目撃したはずもなく、視点が行方不明になってしまうという難点がある。のちの『名づけえぬもの』の表現を借りれば「語り手《ザ・テラー》」と「語られるもの《ザ・トールド》」（主人公）との間のこのようなぎこちない分裂は、今後解決されるべき課題として残されている。

　第二に、言語の問題。狂人の話を狂人が書きとめるという形によって、『マーフィー』までのいわばインテリ的・衒学的・気取っ《プレシオジテ》た・書き言葉的な文体から真にベケット的な透明な話し言葉の文体への突破口が開かれた。「重要なのは思想でなく言語の質だ」（『プルースト』）と語る作家において、これはいくら強調しても足りない事実である。またこれを、ベケットにとってますます重要な主題になっていく言語の欺瞞性という角度から見るなら、あの初等論理学的な単純さの極致にまで言語をつきつめてみることは、ぜひとも踏まねばならぬ手続きだった。狂人ワットはサムに対してノット氏を語るとき、単語の中の綴字を、つぎに文の中の単語を、さらにパラグラフの中の文を、逆転した逆さ言葉を用いるが、これは分裂症の特徴的症状だと診断することもできよう（たとえば分裂症的傾向をもったキャロル〔Lewis Carroll〕の『鏡の国のアリス〔*Through the Looking Glass*〕』の造語詩「ジャバウォッキー」、およびそれを翻訳しようとした本物の分裂症患者アルトー（Antonin Artaud）の造語詩を参照せよ）。あるいはまた、この逆さ言葉は無償の言葉遊戯に托して「語りえぬもの」を語ろうとする一種の秘教的言語であるとみなすこともできよう。いずれにせよ、ここに言語（日常的言語）の嗤《わら》うべき不十分さ《インアデクワシー》と無能《インポテンス》が白日の下に暴露されたことはまちがいないだろう。そしてこれは確かに驚嘆すべき放れ業である。しかし、言語の欺瞞性と不十分さ——それは言いかえれば認識の不確実性あるいは不可能性である——をかくも狂的な徹底性をもって告発し拒否しようとしたために、『ワット』の「言語の質」は耐えがたいほどに透明化し単純化してしまったと言わなければならない。

言語のまやかしそのもの、認識の不可能性そのものを含みこんだ言語、告発と拒否がそのまま奥行きと陰影としなやかさを体現している言語——『ワット』はそのような新しい小説的言語に到達するための突破口でなければならないだろう。

道化の完成（1）

一九四五年、解放されたパリに戻ってきたベケットは、昔のアパルトマンに住みつき、驚くべき集中力をもって書き始める――しかもフランス語で。それからの驚異《ミラビリス》の五年間について、彼自身のちにこう語っている、「私はすべての作品をきわめて速く書いた、四六年から五〇年の間に。それからというもの、自分で価値があると思えるものは一つも書いていない。」この時期の、ということはベケット全著作中の、代表作は『モロイ〔*Molloy*〕』（出版は一九五一年）、『マロウンは死ぬ〔*Malone meurt*〕』（一九五一年）、『名づけえぬもの〔*L'Innommable*〕』（一九五三年）以下の小説三部作と戯曲『ゴドーを待ちながら〔*En attendant Godot*〕』（出版一九五二年、初演一九五三年）であるけれど、これらの傑作は突如として、女神アテナのごとく完成した形で、生み落とされたのではない。ぼくたちはまず『ワット』から傑作の森へつづく小径、楽章と楽章の間をつなぐ微妙な連続音を確かめなくてはならない。

しかしその前に、なぜベケットはフランス語で書きはじめたのか、という問題を素通りすることはできない。『ローマ帝国衰亡史〔*History of the Decline and Fall of the Roman Empire*〕』をフランス語で著わそうとして下準備をしたというギボン（Edward Gibbon）や『ヴァテック〔*Vathek*〕』のベックフォード（William Beckford）からイヨネスコ（Eugène Ionesco）やアラバル（Fernando Arrabal）まで、また英語を選んだコンラッド（Joseph Conrad）からナボコフ（Vladimir Nabokov）やナチスからの亡命作家たちまで、母国語以外の言葉で創作した作家は皆無ではないが、外的な事情にかかわりのない純粋に内的な動機によって他国語を選びとったと見えるベケットの場合は、きわめて特異と言うべきであろう。しかし、それだけに、その真の動機を十分に説明することは必ずしもやさしくない。アイルランド（およびイギリス）文化に反抗するためとか、フランスの読者の高級さをジョイスが羨んでいたのを知っていたからといった臆測はいかにも不十分だし、本人の「目立つためさ」というおどけた答えは言わずもがな、「フランス語の方が文体《スタイル》なしで書くのがやさしいから」というよく知られた説明でさえも、額面どおりには受けとれない。彼のフランス語は明らかに一つの文体——いわゆる文体を可能なかぎり捨てた、しかしまぎれもない独自の文体——を確立しているからだ。

ただし、右の最後の言葉がベケットのもう一つの言葉——「自分をさらに貧しくするために」——と同じ意味だとするなら、かなり正鵠を射ているのではないかと思われる。なぜなら、作品の形式においても内容においても（両者の一致はすでにジョイス論において明言されていたところだ）、仮借ない厳しさをもって贅物《ぜいぶつ》を剝奪し、人間（自己）を裸形化していくこと、つまり言葉のあらゆる意味で貧しさの岩盤に達しようとすること——これがベケットの創作を貫く根本的原理であるからには、英語という言語は彼にとって今や豊かすぎる媒体と見えたに違いない。英語はたぐい稀れな濃密な重層性、暗示性、陰喩性、遊戯性をもった言語である。おそらく、ジョイスが英語を基本言語として『フィネガンズ・ウェイク』の人工言語（ジョイス語）を創造し、言語の複層性の極限を踏破するのを、まのあたりに見たことが、ベケットにとって（*Ne plus ultra* これよりさきへ進むなかれ）の教訓となったのかもしれない。彼もまた『マーフィー』までは英語の豊かさをヴィルトゥオーゾ的に十分に（母国語であるがゆえに一層十分に）駆使したのだった。ところが『ワット』において、師とは逆のヴェクトルによって、英語として可能な限りの明晰性をめざしたとき、彼は言語における自己剝奪の甚しい苦業を自らに課するにいたっていたのだ。『ワット』は実際ほとんど英語の精神《ジーニアス》または体質《コンスティテューション》に反した言語的試みだったと言っていい。さて、ベケットにとって、そのさきに残された道は、英語の特質を欠いている別の言語——他国語であるがゆえにヴィルトウォーゾ的遊戯を許さず、言語における自己剥奪と祖国喪失を彼に課するような言語——を選ぶことしかなかった。しかも、それが同時に彼が相当程度に熟達した言語でなくてはならないとすれば、彼の前にはフランス語しかなかったということになる。

フランス語に翻訳するのがときに不可能である『マーフィー』に較べて、『ワット』ははるかにたやすくフランス語に書き変えうる文体であった。この意味でも『ワット』は次の時期への連結点であって、今後のベケットの創作はフランス語習熟の過程とも言えよう。そしてベルクソン的な言葉のおかしさについて言うなら、英語の豊かな重層性による言語遊戯（とくに語彙における）に代って、たとえば外国人から見たフランス語のむずかしさ、よそよそしさ、おかしさなど（とくに統語法における）が洒落の種になったりする。表現にもたついたモロイが“quelle langue!” と舌打ちするとき、それはフランス人ならざるモロイ＝ベケットの「まったく何という国語だ、フランス語は」という半ばおどけた苛立ちでもあるし、フランス語版のマロウンが「彼女は腕を両腕から離した（écartait）、もし私があなたがたの国語の言霊についてもっと無知だったならば、うちふるった（brandissais）と言ったところであろう」と書くとき、マロウン＝ベケットは明らかに他国者としてフランスの読者に語りかけているのだ。また『勝負の終り〔*Fin de partie*〕』でハムがクロヴに「お前の種は芽が出たか」ときくくだりなどは、初等文法の練習のように聞こえるだろう――CLOV : Elles n'ont pas germé. / HAMM : C'est peutêtre encore trop tôt. / CLOV : Si elles devaient germer elles auraient germé. Elles ne germeront jamais.

しかし事は単に洒落の問題ではない。媒体としての外国語の問題は、言語そのものによそよそしい眼差しを注ぐことを強いるという意味で、ベケット文学の核心に及ぶのである。なぜなら言語という媒体そのもの、語るということ、書くということ、つまりは創作の過程そのものがますますベケットの主題となっていくのを、ぼくたちは目撃するからだ。ともあれ、彼のフランス語は熟達し、やがてフランス人にこう言わせるにいたる――「われわれの耳に響く彼の声音は、ついに見出されたわれわれ自身の声だ」（モーリス・ナドー）。この熟達は先述した自己剥奪（「自らをさらに貧しくすること」）と矛盾しないだろう。これはぼくたちの道化が克服したもう一つの逆説にすぎない。

言語の問題はまた主人公造型の問題でもある。白痴＝放浪者として精神的にも物質的にも貧しさのどん底に落ちたワットが、新たな主人公に生まれ変わるためには、言いかえれば、ベケットが新たな文学的仮面《ペルソナ》を創り出すためには、新たな言語が必要だったのである。「ただそうしたくなったというだけです。フランス語で書くのは、英語で書くのとは違った、もっと刺激的な経験だったのです」というベケットの説明は、おそらくこの間の消息をよく伝えるものではあるまいか。

新しい言語による新しい主人公創造の最初の試みは短編『初恋〔*Premier amour*〕』、小説『メルシエとカミエ〔*Mercier et Camier*〕』である。一九四五年に書かれた前者も四六年に書かれた後者も、ともに長らく未刊で幻の書物だったが、最近（七〇年）ついに公刊され、ヴラジーミルやエストラゴン、モロイやマロウンにおいて完成するはずのベケット的主人公の肖像の下描きの過程が明らかになった。

『初恋』の決定的重要性は語り手と主人公の一致、すなわち一人称による最初のベケット作品であることにある。父の死によって「家」を追われた二五歳の「私」は父の墓を訪ね、やがてルルという「斜視」の娼婦と同棲するが、「客」の騒がしさと彼女の妊娠に閉口して、彼女の家を出、星空のもと、「外套と帽子」の旅仕度で放浪の一歩を踏み出す——といった身上話は、言ってみれば、マーフィーがもし死ななかったらかくもあったろうという趣きだが、肝心なのは、それをとりとめなく物語る語り手の「私」の親密な声音である。三人称小説が不可避的に感じさせてしまう全知の作者＝語り手の不遜な優越性を断ち切り、かといって、いわゆる私小説《イッヒ・ロマン》のわざとらしさにも汚染せず、物質的にも無一物で知的にも多少呆《ぼ》けた（ただしワットやサムのように完全な狂人ではない）孤独な放浪者としての人間がとりとめなく呟きつづける、その声の有無をいわさぬ真銘性《オーセンティシティ》――ベケット文学の真骨頂とも言うべきこの新路線は、ここに定まったかと見える。では何故ベケットはこの作品の出版を認めたがらなかったのか。おそらく、ここに初めて見出された一人称の声の真銘性がまだ不十分、不確かだと判断したからであろう。たしかにこの「私」は物語の主人公としても語り手としても、ややひよわな青年の感じであり、モロイやマロウンのごとき老いさらばえた凄味を欠いている。

作者の模索ぶりは『メルシエとカミエ』によってさらに明らかになる。なぜならこれはまたしても三人称小説だからだ。二人の老人（一人は痩せたのっぽ、一人は太ったちび）の企てたあてどもない旅の物語であるこの長編小説の重要性はむしろ次の点にある。主人公を二人連れの老人にしたこと、彼らを無動機・無目的の旅に立たせたこと、退屈しのぎにちぐはぐな無意味な対話に耽けらせたこと、そして何の益もなく旅を終わらせたこと――要するに、お祭しのとおり、ヴラジーミルとエストラゴンという二人連れの前身がここに着想されたということである（のちの『名づけえぬもの』では二人は“pseudo-couple”として言及される）。この小説は戯曲『ゴドーを待ちながら』に吸収されることによってその使命を全うしたのであって、未刊に残されていたのはその意味で当然だったと言えよう。もちろん、滑稽小説と探求小説の混淆という意味では、これはベケット的小説の系譜の中に正当な位置を要求しうるものではあるけれど、今やベケット的小説が行きついている地点から厳しく見るならば、この二人のプチ・ブル老人の自発的な旅はやや呑気にすぎると思われる。ベケット自身もそう判断したのではないだろうか。ローレルとハーディ（Laurel and Hardy）めいた二人連れの道化的おかしさは、舞台の上によりふさわしいのではないか。

さて、ベケットのフランス語作品で最初に活字になったのは、短編「続き〔'Suite'〕」である。サルトル（Jean-Paul Sartre）の主宰する雑誌『現代《レ・タン・モデルヌ》〔*Les temps modernes*〕』一九四六年七月号に掲載されたこの作品はのちに「終り〔'La fin'〕」と改題され、他の二つの短編「追い出された男〔'L'Expulsé'〕」「鎮静剤〔'Le calmant'〕」とともにまとめられた。四六年に書かれたと思われるこれら三つの短編が小さいながら一種の三部作をなしており、『モロイ』以下のより偉大な三部作のための不可欠なデッサン（または発声練習）であったことは、顧みて明白である。

まず「追い出された男」では、主人公は「家」から追い出され、玄関の階段の転げ落ちる（「家」とは精神病院、「私」は狂気の癒えた――または癒えたとみなされて追い出された――ワットまたはサムであろうか）。彼は馬車で宿を探すが、結局、御者の家の厩《うまや》に泊めてもらうことになる。だが明け方近く、彼は無断で厩をあとにする。「鎮静剤」では、主人公は放浪の途上で羊飼いの少年に出会ったり、ある男に身上話をむりやり聞かされて鎮静剤の薬瓶をもらったりする。最後に失神（?）して倒れた彼は起き上って、再び歩き出す。最後の短編「終り」も主人公が「慈善施設」から追い出されるところから始まる。あるギリシア女の家の地下室に宿を見出すが、半年分の間代を詐取されて追払われてしまい、海辺と山間を放浪したあげくに町で物を乞う身となる。ねぐらにしていた河べりのボートが、衰弱しきった彼を乗せて沖へ漂い出る。夢うつつに、彼は舟底に穴をあけ、鎮静剤を呑み下す……。

こんな荒筋では、ベラックワからメルシエにいたる孤独と流浪の主調音がここにおいていかに純粋で、しかもしたたかな響きを獲得するにいたっているか、また孤独と放浪につきまとうユーモアとアイロニーがいかに絶妙な味わいを深めているか、とうてい示すことはできない。階段の数をどこから数えるべきかわからないという冒頭のワット的・認識論的おかしさから始まって、家の中から投げられた帽子を宙で受けとめてかぶるチャップリン的仕草、すでにおなじみの例の歩き方と風采、物乞いの仕方についての一家言、熱狂的街頭演説家につかまって、社会的不正の典型的産物として指さされるくだりなどをへて、社会と人生からの極度の疎外ゆえに(などというこちたき文句は使わずに「人づきあいが悪くて」と当人は言うのだが)「自分がまちがった遊星にいるんじゃないかという気がしてくる」と呟く壮大な宇宙論的《コスモロジカル》な冗談、さらには「もうじき終りになるだろうとわかっていた、だから私はこんな芝居(フランス語版"comedie"英語版"part")を演じていたのだ、何の芝居って、そりゃ、何というか、わからない」という楽屋落ち的な道化ぶりまで……。

ところでこの道化ぶりは、孤独や放浪の主題も、そこに浸みわたっている笑いの底音も、すべては語り手の語り口によって成立しているのだという事実を思い出させる。三つの短編の最大の意義は結局、語り手の位置、語るという行為、つまり虚構《フィクション》の根本問題を、初めて深刻に提起したことにあると言えるのだ。

たとえば、「追い出された男」の末尾の言葉は、それまで普通の物語の約束に従って、語り手=主人公の身上話を一応疑うことなく読んできた読者を面くらわせるのに十分である——「なぜ自分がこの話を語ったのか、私は知らない。別の話をしてもよかったのだ。いずれまた別の話をすることができるかもしれない。生ける人々よ、どの話もよく似かよっていることに諸君は気づくだろう」。つまり、ちょうど煉獄の亡者が生けるダンテに語りかけたように（またそれをエリオット〔T. S. Eliot〕が「プルーフロックの恋唄」のエピグラフで巧みに利用したように）、この物語の語り手はすでに死者であり、その彼が幽明境いを異にしたぼくたち生ける読者に向かって、行き当りばったりにでっちあげた物語、しかも変りばえのしない物語を語っていたのだ、ということになるわけだ。「鎮静剤」の冒頭はこれを確認する。語り手は「自分がいつ死んだのか私は知らない……死んだとき私は九〇歳くらいだったろう」と言う。そして彼は、今「冷たいベッド」で「おびえて」おり、「自分が腐っていく音を聞き」たくないので、「自分を鎮めるために、自分に何か物語をしてきかせよう」というのだ。つまり「鎮静剤」とは以下の物語に出てくる「薬瓶」のことであると同時に、その物語そのもののことでもある。

一方、「終り」は他の二編と違って枠入り小説的構造をもっていない。そしてその末尾で、主人公は「私が語りえたかもしれぬ〔別の〕物語、私の人生に似せた物語、つまりけりをつける勇気も続ける力も持ちあわせない生の物語」を「冷たくかすかに思い出し」ながら、沈みゆくボートの中で意識を失っていく。ということは、ここで水死した主人公があの世——煉獄ないし地獄の辺土《リンボ》——において呟いているのがこれら三つの短編である、ということになるであろう。もし以上のぼくの解釈が当っていれば、この短編三部作はそれなりにきわめてベケット的な円環構造をもつことになる。

ともあれ、このような語り手の位置、物語が語られる原点を発見するに及んで、ベケットが真に本格的な仕事に挑むための準備はすべて完了したと言える。あとは、これまで見てきた主題と手法を長編小説の大きさに拡大するだけである。

道化の完成（2）

モロイこそはベケット的道化の完成像である。彼において、ぼくたちは過去の素描が集大成されるのを見ないではいられない。その堂に入った道化ぶりのレパートリーから、いくつか挙げてみよう。

文字通り道化のイメージ――「耄碌《もうろく》しかかったサーカスの道化二人（＝睾丸のこと）」、「阿呆《マッグ》のゲーム、（＝性行為のこと）」、「私の中にはいつも二人の離れがたい阿呆《フール》がいた」、「私の道化踊り《アンティックス》」、「私の中で誰かが笑っていた」、「涙とか笑いとか、そんな言葉は私にとっては珍文漢文《ゲーリック》だった」など。風采の特徴――ドタ靴、外套の胸のボタン穴に紐で結びつけた山高帽、曲らない麻痺した片脚、腐り落ちる足の指、松葉杖、自転車など。仕草とギャグ——ベラックワまたはソルデルロのごとく岩蔭に坐る姿、巡査とのやりとり、「モロイを懐柔する〔“mollify Molloy” フランス語版 “amollir Molloy”〕」、ついに両脚とも硬直して地面を這う身となりながら「私のちゃんとした女友達——がいたらの話だが——にいま会ったら礼儀正しく挨拶できそうもない」など。引用癖——プロタゴラス（Protagoras）、デカルト、ハーリンクス、ライプニッツ（Leibniz）、ゲーテ（Goethe）、カミュ（Albert Camus）、ヘリック（Robert Herrick）、ミルトン（Milton）など。順列組合せまたは認識論的茶番——一六個の小石の規則正しいしゃぶり方（九ページにわたって）、肉体の不具化に反比例するかのごときデカルト的「明証的な観念」への願望、狂おしいほどの「対称《シンメトリー》への妄執《マニア》」、「顔をあげると巡査がいた、というのは省略法だ、なぜなら相手が何者か分ったのはあとになってから、帰納法によってだからだ、いや演繹法かな、忘れた」など。

そのほか、女との居候的生活、それとの訣別、女および性への嘲罵、放浪者＝道化の視点からのまっとうな市民たちへの嘲笑、自殺の失敗、漠然とだがアイルランド的な風景などなど。いや、それにかねておなじみの糞尿学的《スカトロジカル》表現がここにおびただしい頻度に達していることも忘れてはなるまい。

しかしこうしたモチーフやギャグの集大成が、そのまま道化モロイの完成を意味するわけではない。かつてない新しい相貌と状況を得ることによってこそ、彼は完全に独自な人物、真に成熟したベケット的道化たりえたのである。まず、彼は年輪《としわ》も知れぬ老人として現われる。成熟を通りこして老熟、いや老衰と耄碌に達していると言うべきか。かっての主人公ベラックワに較べれば、モロイはほとんど詩人ワーズワス（William Wordsworth）に対するあの「蛭《ひる》取りの老人」の趣きがある（そう言えば実際『ベラックワ奇談』には詩人＝主人公が老いたる流浪者《ティンカー》の姿に魅せられ憧れる、というきわめてワーズワス的な場面があったのを思い出す）。脳の軟化を思わせる彼の痴呆ぶりのおかしさも、また一方、生の苦痛と愚行のすべてを味わいつくした果てのごとき彼の毒舌の凄まじさも、ともに彼が老いさらばえた道化であるという事実によって可能になっているのだ。処女作以来、ベケットは執筆している自分とほぼ同じ年齢の主人公をそのたびに創ってきたが、ここにいたって年齢不詳の、いわば神話的な背丈《スタチャ》をもった老人という仮面《ペルソナ》を創りおうせたと言えよう。

確かに、『ワット』の作者が意識的に拒否しようとした神話的・象徴的余韻を『モロイ』の中に読み取らないことは、むずかしい。主人公自身が「エヴリマン」——ただしニーチェ（Nietzsche）の「超人《スーパーマン》」を倒立した「非人《サブマン》」としての——の相貌を帯びるにつれて、彼のさまよう「街」や「海辺」や「森」は一種の幻視的曖昧さと宇宙的次元を暗示し始めるかのようだ。そして、ある日「母に会おう」と思い立って出発した彼の旅は、他の偉大な探求者たち——バニヤン（John Bunyan）の寓意的物語『天路歴程〔*The Pilgrim's Progress*〕』のクリスチャン、あるいはユリシーズやドン・キホーテ——のそれのように、めざめた彼が自らを「母の部屋」に見出すとき、受難と挫折に満ちている。モロイの探求と彷徨が失神によって終わり、めざめた彼が自らを「母の部屋」に見出すとき、その「母の部屋」がマーフィの憧れた「無理数の母胎《マトリックス》」やノット氏の「無の空間」よりもはるかに具体的・現実的で、しかもはるかに豊かな象徴的奥行を実現していることを、ぼくたちは感じる。この奥行に誘われて、「母の部屋」を「子宮」と同一視するフロイト的解釈が現われても不思議ではないだろう。

しかし神話の多義性を寓意《アレゴリー》の一義性に切りつめてはならない。モロイの真髄もその端睨《たんげい》すべからざる複雑さと矛盾の中にある。たとえば、確かにブルジョア的日常性からの自由がもたらす一種の精神の高貴さを彼が持っていることは否定できない。幼い子供から受けたお礼の言葉をなけなしの思い出の一つとしてもっている彼は、物質的欲望や知的好奇心や自我意識の奢《おご》りを放下し去った無心さ、彼自身の言う「不感不動《アタラクシー》」を深く体得していると見える。しかし彼は決してロマン派の夢みた「高貴な野蛮人《ノーブル・ソヴァージュ》」などではない。それどころか、彼は小心な読者をひるませるていの獰猛な暴力をふるうことができるのだ（これまた以前の「おとなしい」主人公たちから彼を区別することだ）。森の中で出会った炭焼き男をモロイが理由なく杖でめった打ちにする場面などは、草を食い小石をしゃぶって飢えをしのぐくだりなどとともに、いささかパゾリーニを思わせる原初的恐怖に満ちている。もっとも、脇腹を右から二度蹴ったら左からも二度、というモロイの「対称《シンメトリー》への妄執」のおかしさがイタリア前衛映画作家のしんどい深刻さから読者を救ってくれるのだけれど。

この辺で、モロイおよび『モロイ』（第一部）を先行の諸作品から区別する最大の特徴に触れなければならない。この物語は「三つの短編」で見たような円環構造をなしている。すなわち、溝《どぶ》に落ちて失神したモロイが母の部屋でめざめ、誰かわからぬ「彼ら」の要求で、旅立ち以来の自分の身上話を書きしるしている（一人の男がときどきやって来て、書けた分をもっていく）。ぼくたちが読むのは、失神にいたるまでのその身上話だというわけである。ということは、ぼくたちがさきほど実体的に論じていたさまざまの事件その他は、すべてモロイの話の中のことであって、必ずしも客観的な真実の記録だという保証はないことを意味する。いや、モロイは「真実を語るだって！」と肩をすくめてみせる男であり、ぬけぬけと「私が何を言おうと問題じゃない。言うってことはでっちあげるっていうことなんだ」とほざく始末だ。

これは一見「三つの短編」の新しさと大差なく見えるかもしれない。しかし決定的な違いは、モロイが語るのでなく書いているということ、『モロイ』が独白でなく独り書き（?）であるということにある。読者はこの根本的な設定を忘れてはならないし、またたえず思い出させられるのである（たとえば「以上はすべて大過去形に書き直さなくてはならない」）。むろん書くといっても書き言葉でなく完全な話し言葉なのだから、結果的には独白とほとんど違わず、読者はモロイの口調や声音を聞きとってかまわない。ただ肝心なことは、書くという設定によって言葉がかつてない厳しい反省にさらされるということである。モロイは身上話を書きつけつつ、合いの手のように、自分が書きつけている言葉への不信を吐露する。言葉のまやかし（「言うってことはでっちあげるっていうこと」「つねに言い過ぎるか言い足りないかのどっちかだ」）、言葉の無力（「すべてを列挙することは不可能だ」）、意味の欠如（「あらゆる意味から自由な純粋な音としての言語」「無理数によって埋められたページ」）……これらを痛切に自覚するモロイにとって、理性的伝達（「正しき言説《オラテイオ・レクタ》」）は不可能である。ただし念のために言うと、言語的自覚は書き手モロイのものばかりでなく、身上話の中の主人公モロイのものでもあって、しばしばみごとな道化的ギャグを誘発する。たとえば「何者か、どこへ行くのか、何をしているのか」という巡査の質問にモロイがどうしても答えられないといった場面は、むろん権力と秩序の代表者と放浪無頼の老道化との滑稽この上ないチャップリン的やりとりであるが、同時にそれは「オラティオ・レクタ」を信じて疑わぬ巡査とあのワット的な「意味論的」絶望に憑かれているモロイとの衝突でもあるのだ。モロイはしなやかな道化に成長したワットだ。

「嘘をつくか、黙るか、そのいずれかを強要する」のが言語の「約束《コンヴェンション》」だとモロイは言う。この「約束」を回避し、「嘘」と「沈黙」との狭間を行くことは可能であろうか。「オラティオ・レクタ」から見放されたモロイの言葉は、いわば理性（ラティオ・レクタ）の介入以前のスピーチ・レヴェルから発せられるものだが、それは、子供が砂山を築いては崩すような、いい、い、い、い、先行した言葉の意味のたえざる消去といった趣きとなる（例の小石の順列組合せのあと、彼は言う——結局どうでもいいことだ、どの石だって同じ味だ、一六個集めたのは種切れにならないためだ、種切れになったってかまやしない、だから一つ残して全部捨てた、その一つもなくした、いや捨てたのかな、呑んじゃったのかもしれない……）。これはほとんど一種の遊戯——ウィトゲンシュタインの「ある事件について言い得ることとその事件の真の意味とを区別しようとするのは全く無意味なことである」という箴言を唯一のルールとしているかのごとき、絶望的遊戯——に似てくる。しかし「嘘」と「沈黙」の狭間を綱渡り芸人のごとく進むためには、この遊戯を演じつづけるしかない。いや、綱渡り芸人とは恰好よすぎるイメージだ。同じサーカスなら、たえず失敗と転倒をくり返し、意味《センス》を無意味《ノンセンス》と滑稽《アブサーディティ》へと消去しつづける芸人、すなわち道化《クラウン》を思うべきだろう。

こうして言葉の道化師となったモロイは、まさにベケット的「作家」そのものにほかならないと言ってもよかろう。言葉の道化師（錬金術師などという大それたものではない）としての作家――この語り手モロイの像が語られる放浪の道化モロイの像と重ね合わされたとき、ベケット的道化は真に完成したのである。

さて『モロイ』第二部の主人公モランについては、簡単に触れる余裕しかない。一種の私立探偵の仕事をしているモランはある日「モロイを探し出せ」という上司ユーディの命令を受けて、息子を連れて旅立つ。母を探すモロイを探すモラン――暴君的な家長であり信心深く自己満足的な「市民」であるモランが、旅をつづけるほどに徐々に「非人《サブマン》」モロイに似た状態に落ちこんでいく物語がこの第二部である。実際、第一部と第二部との間には注目すべき類似（ほとんど「対称《シンメトリ》」）がある。前者には母子の、後者には父子の関係がある。モランもまたシャツの着方の順列組合せに腐心し、「何をしているのか」という質問に答えられず、いわれなき暴力をふるって人を殺す。息子といっしょに便器の中をのぞきこむくだりのような糞便嗜好的《コプロフィリック》なおかしさもある（モロイに較べれば児戯《じぎ》に類するけれど）。彼もまた膝が痛み、こうもり傘を杖として森をさまよう。やっと家に帰ってきた彼はいま、上司に提出すべく、自分の旅の始めから終りまでの記録を書きつけているところであるが、彼もまた言葉への不信に苛まれている（「あらゆる言語は言語の過剰である」）。そしてその記録がぼくたちの読んでいるところのものだという円環構造も共通である。

しかし、より厳密には、『モロイ』の二部構造は二つの相似的円環の並列であるよりも、二つの下降的螺旋形が一つにつながったものとみなすべきではないか、とぼくには思われる。しかもそれは内容的には、まず第二部の始めから終りへと一旋回した螺旋形がひるがえって第一部の始めへとつながり、その終りに向かってもう一旋回する、という倒置された二重渦巻きではないだろうか。

すなわち、小市民的自己満足から出発したモランは、徐々にモロイにとり憑かれていくその旅の途中で「自分にどこか似た顔をした男」を殺し、やがて自分の内なるモロイを発見し、それに同化していく。この下降と崩壊の過程は、同時にモロイ的な無一物と不具のどん底における「知りたがらぬ心《インキュアリアス・マインド》」「不感不動《アタラクシー》」への成熟の過程であった（「昔は理解しないことが私には苦痛だった」）。そして第二部の終りで松葉杖をついたモランは「私は人間稼業を十分すぎるほどやってきた、もうごめんだ」と言って、暗に新たな旅立ちの決意をほのめかす。このモランが溶暗溶明して第一部の始めで旅立つモロイになったのだ、そしてモランがモロイに同化して終わったように、モロイも探求の対象たる「母」のベッドに自分を見出して終わるのだ、と考えることはそれほど乱暴ではないであろう。

物語の内容たる二人の主人公の行動が右のように第二部から第一部と逆転螺旋形でつながるとすれば、書き手の位置についても同じことが言えるはずである。すでに見たように、放浪の果てに自分の放浪記を書くモロイにおいてベケット的作家の原型が生成していくさまを示したのが第一部だとすれば、自らの小市民性からの崩壊ないし成熟の身上話を書いているモランもまたベケットの分身であり、彼の物語もまた作家の生成の神話であると言ってかまわないだろう。ただ、モランの体験した崩壊と成熟は果てしないベケット的下降螺旋形の最初の一サイクルにすぎない。確かに彼はそのサイクルの過程で書くひととしても成長する。たとえば第二部冒頭で彼は報告書をこう書き始めた――「真夜中だ。雨が窓に打ちつけている」。ところが第二部の末尾、報告書のしめくくりの言葉はこうだ――「真夜中ではなかった。雨は降っていなかった」。こうして彼が冒頭の言葉を、「文学」(この単語を彼は深く軽蔑する)づいた虚飾として撤回したとき、彼の成長の軌跡はみごとな螺旋形を描き終えたのである。

しかしモランがそのように終わったところから、まさにモロイは出発しなければならないのだ。「机」に向かって書いているモランから「ベッド」の中で書いているもはや動けぬ体のモロイへと、書くひとの具体的状況が悪化していくのに見合って、終止符《ピリオド》によってまだかなり整然と区切られて「オラティオ・レクタ」に近かったモランの文体は、コンマを多用したモロイの深層的文体へと変わっていかなければならない。書かれる放浪記の実質が、第二部から第一部へと一段と凄絶な荒涼ぶりを深めるのに比例して、書くひともまたベケット的煉獄のより深い圏へと下降していかなければならないのだ。

書くひととしてモランがモロイの前段階にあるとすれば、道化としても彼がモロイに較べて未熟であるのは当然と言えよう。

三部作の二番目『マロウンは死ぬ』(執筆は一九四八年、出版は五一年)において、螺旋形はさらにもう一めぐりする。

主人公マロウンはモロイの到達したところから出発する。モランとモロイがそれぞれ自らの身上話を書かされることによって、いわば意図せずに素人から作家へと変じたとすれば、マロウンは初めから作家として自覚的に定立されており、書くことを意志する主人公として現われる。言いかえれば、ベケット的作家の運命を辿る神話群《サーガ》たるこの三部作において、『モロイ』

が作家はいかにして作られるかの神話だったとすれば、『マロウンは死ぬ』の神話的主題は作家はいかにして作るかである。マロウンにおいて、ぼくたちは創作の最中のベケット的作家の最も赤裸な、最も恐るべき姿を見ることになる。

おそらくそれはすべての作家の根源的な姿（のはず）ではあるまいか。ヘンリー・ジェイムズ（Henry James）の諸短編、『トニオ・クレーゲル〔*Tonio Kröger*〕』、『若き日の芸術家の肖像〔*A Portrait of the Artist as a Young Man*〕』、『失われた時を求めて』など、作家はいかにして作られるかという芸術家小説《キュンストラーロマン》の傑作のかずかずのあとで、『モロイ』が思いもかけぬ独自な境地を切りひらいたように、『贋金づくり〔*Les Faux-monnayeurs*〕』から日本の私小説にいたるまで、作家はいかにして作るかという主題によるいくつかのすぐれた作品の存在にもかかわらず、『マロウンは死ぬ』はこの主題と形式をぎりぎりまで突きつめることによって、おそらくかつて書かれた最も完璧な「小説（を書くこと）についての小説」となりえている。

身動きもならぬ老体のマロウンはいまベッドの中で書いている。しかしその限りでは、たとえ全身麻痺がずっとひどくなっているにしても、モロイと変わりがないと言える。変わっているのは、「早く死に切り（finish dying）たい」と言っていたわりにはまだいっこう死ぬ気配の見えなかったモロイに対し、マロウンは臨終間近だということ、そしてそのことを彼が承知しているということである。死の瞬間を待ちながら、彼は自分に三つの物語をして聞かせようと決める——物と、動物と、人間（男と女）の物語。（正しくは「して聞かせる」のではなく「書きつける」、「独白」でなく「独り書き」である。なおマロウンは「失声症」にかかっている。）いや、その前に自分の「現在の状況」を書きつけよう、物語のあと時間が余ったら「財産目録」を作ろう、と決める。実際には三つは不規則に入れかわりながら進行するのだが、ともかく、ぼくたち読者から見ると死を眼前にした切羽つまったぎりぎりのこの行為を、当人は退屈しのぎと称している。

「現在の状況」と「財産目録」から、マロウンがモロイの生まれ変わりであることをぼくたちは知る。森の中で失神して、この部屋に運びこまれたらしいことのほか、おしゃぶりの小石、自転車のベルの蓋、松葉杖の片方といったなけなしの持ち物は共通である。しかしマロウンの記憶喪失の度合いはモロイの比ではなく、ここが「母の部屋」かそれとも「精神病院」か彼はよく知らないし、まして「現在の状況」にいたる過去の経緯については何も覚えていない。ということは、彼は語るべき「身上話」を全くもたないということを意味する。モランやモロイは自分の冒険を思い出すことができ、身上話を書くことができた、そしてそれが自伝となり作品となることによって作家になることができた。それに反し、度はずれな健忘症に陥っているマロウンは、もはや身上話や自伝や告白という形の作品を書くことはできないのだ。「気散じにそれらの失われた事件をでっちあげようとしてみたことはたびたびある」のだが、結局「気散じ」になったためしはなく、いままでは「回顧録《メモワール》を書く」という考えは「冗談」でしかない。

自我の実体が記憶にあるとすれば、マロウンの記憶喪失は自我の不在――書くことの素材・主題としての自我が消失していることを意味するだろう。自我はもはやそれについて書くに足るほどの豊かさをもたない。ベケットによる主人公の剝奪、貧困化、空無化はついにここまできたのである。しかもその主人公が作家だとすれば、これはまことに残酷至極なアイロニーと言わざるをえない。なぜなら、芸術の女神《ミューズ》は記憶の女神《ムネモシネ》の娘なのだ。プルーストはこのギリシア神話を壮大に証明してみせたではないか。とすれば、記憶の呆《ほう》けた精神の中で、どうして創造力と想像力が働きえようか。マロウンが受けて立たなければならないのは、のちのベケットの断片の表題を借りれば、まさしく「想像力は死んだ、想像せよ」という不可能な逆説的命令にほかならない。

しかし、マロウンがベケット的作家の真骨頂を見せ始めるのはこれからである。あらゆる意味で土壇場に追いつめられたと見えるいま、彼は「物語」を作ろうとする。そして彼は「物語」を作ることを「遊戯《ゲーム》」と称する。これまでも「遊戯」をしようと試みたことは何度もあった。だが、始めのうちは、喜んで芸をする「せむし」を相手にしたりして「万事うまく行く」のだが、じきに「暗闇の中で、ひとりぼっち」になった自分を見出し、「沈黙《スピーチレスネス》」に陥り、「遊戯をあきらめてしまう」のが常だった。これを彼は「長いあいだ私はまじめさ《アーネストホス》にとっつかまっていた」と表現する。今度こそは、と彼は思う、この「遊戯」をうまくやりおうせよう、これからは「遊戯」しかやるまい、今度もまた結局「暗闇にひとりぼっちで放り出される」にちがいあるまいけれど……。

ここに現われてくるのは、いわば断末魔のホモ・ルーデンス（マロウン自身の言葉で言えば「道化《クラウン》」）としての作家の像である。そこにはパスカル（Pascal）の「慰戯《ディヴェルティスマン》」とマラルメ（Mallarmé）の「至上の遊び《ジュー・シュプレーム》」（ソネット「ダンテル編みの窓掛は自ずと……」）が折り重なっているわけだ。マロウンの内部には深い「暗闇」があり、すでに触れたように「まじめという野獣」が荒々しく闊歩しているので、「道化」は今までは「隠れて遊ば」なければならなかった。今度こそは道化の最後の遊戯《プレイ》（演技）だ。こうして、「せむし」から「幕間狂言《インタルード》」「盛りだくさんのだしもの」をへてマロウンの貴重な持ち物「杖」（古来道化のおきまりの小道具である）にいたるまで、ベケットの骨がらみになっているらしいサーカス的・道化芝居的イメージは、ここにみごとに凝縮する。そう言えば、マーフィーが引用したかの「アブダラの道化」の地口《パン》めいた箴言「無ほど現実的なものはない」(Nothing is more real than nothing) は、モロイやマロウンもまた愛唱するところである。地口のついでに脱線しておくと、「マロウン」には「私はひとりぽっち」(I'm alone)、英語の「死ぬ」(Dies) には「最後の(審判の)日」(dies illa)、さらにマロウンが聞く「讃美の歌《テ・デウム》」(Te Deum) らしき聖歌には「(生の) 倦怠・退屈」(tedium) といった洒落が隠されているような気がしてならない。

さて、マロウンは「遊戯」にとりかかる。それはサポスカット少年の「物語」である。「身上話」「自伝」とはおよそ反対に、彼は少年を「自分とは似ても似つかぬ」「他者《ストレンジャー》」として作ろうとする。たとえばマーフィー以来のおなじみの「暗闇の喜び」に対して、サポは全く無縁な人間となるはずだ。「これは今までとは違った話になるだろう。」かくてサポの平凡な生い立ちが淡々と、フローベールを戯画化したような「美しさも醜さも熱っぽさもない」文体で書かれていく。しかしこの「物語」「遊戯」がなめらかに進行するだろうとは、誰も思うまい。果たして、マロウンの「計画」は、形式的にも内容的にも、重大な挫折の危機を内包している。

まず形式の上では、サポの客観的物語はたえずマロウンの主観的独白によって妨害される。「なんて嘘っぱちなんだ」「なんて退屈なんだ」「死ぬほど退屈」とか「はかどっているぞ」とかいった楽屋落ち的合いの手が、「物語」の虚構性を、言いかえれば枠入り小説であるという事実を、ぼくたちに思い知らせる。モランやモロイよりはるかに鋭く言語のまやかしや自己消去的傾向（「私の記録は記録するはずの対象をすべて消失せしめるという奇妙な傾向をもっている」）を意識しているマロウンは、こうして、言葉で物語を「でっちあげる《インヴェント》」という行為そのもの、すなわち文学そのものに対し、まことに根底的な侮辱を浴びせるわけである。あらゆる小説は（それを書いている作者の姿を思えば）本当はこうした枠入り小説なのだという楽屋落ち的事実を、『マロウンは死ぬ』は完膚なきまでに暴露している。いや、もっと根本的に言えば、小説を書く、物語を作るということは、死期迫ったベッドの中で「生の退屈《テディウム・ヴィタエ》」「死ぬほどの退屈《テディウム・モルティス》」に耐えるためのパスカル的慰戯、「死の苦しみ《モータル・アゴニー》」を癒すための「鎮痛剤」――虚妄でしかも不可欠な、戯れでしかものっぴきならぬ行為――にほかならないのではないか。マロウン（ベケット）はそう問いかけているかのようだ。ともあれ、『マロウンは死ぬ』の読者を魅するのは、サポの物語そのものよりも、それを書いているマロウンの「現在の状況」だ。かすかな光と深い沈黙の中で「小指が鉛筆の前をすべってページを横切り、それが端から落ちると、行の終りが間近いという警告になる。……小指が紙の上をすべっていく音と、それを追う鉛筆のはっきり違った音が聞こえる」。プルーストを呼んで「書きつづける手」と言ったロラン・バルト（Roland Barthes）を思い起こさせるこのような文章は、「書くこと」についてなされた最も即物的な描写として忘れがたい。

　この「戯れ」がそれほど「のっぴきならない」行為だとすれば、内容の上でも、サポの物語が作者に「似ても似つかぬもの」についてのよそよそしい客観的物語でありつづけることはできないだろうと推測される。実際、「現在の状況」や「財産目録」によってたえず中断されながら進行する物語は、途中でサポを見失ってしまい、次に再び見出されたときの彼は放浪の老人である。マロウンは老人をマックマンと命名し直し、精神病院に収容されたマックマンが老看護婦モルと世にもグロテスクで滑稽な恋愛をしたり、他の狂人たちとともに看護人レミュエルに率いられて島に遠足に行ったりする話を書き進んでいく。放浪、老齢、狂気、そのほか暴力（殺人）や足萎え（這うこと）から帽子や外套の細部にいたるまで——読者はいやでもマックマンの像がモランやモロイの像に重なっていくのに気づかずにはいられないだろう。ということは、マロウンがモロイの生まれ変りであってみれば、人物マックマンは作者マロウンに収斂していくということではないか。つまり、その「記憶喪失」と「身上話《メモワール》」への軽蔑とにもかかわらず、マロウンはやはり一種の「身上話」を書いていたことになるではないか。まさにそのとおりである。マロウンはもちろん完全に記憶を失っているのではなかった。彼の疑似プルースト的言葉を借りれば、「人間、生きていくには最少限度の記憶は必要である」。作家にとってはなおさらである。そしてそのなけなしの記憶の娘である想像力をふるって作った「自分に似ても似つかぬもの」の物語が、窮極的には自分の「身上話」になってしまうとき、作者と作中人物とのつながりの神秘が奇しくも啓示されるのだ。神と人間、父と子の関係にも似たこのつながり、私小説的・告白的・一元的な臍《へそ》の緒ではない、微妙でしかものっぴきならぬこの因縁――これが『マロウンは死ぬ』におけるほど深く親密に追求された例をぼくは知らない。というより、それを追求している作家マロウンの姿そのものがこの作品の実質であって、モーリアック（F. Mauriac）の有名な評論におけるように論じられているのではないのだ。

以上の形式的および内容的問題性は、作品の最後にいたってみごとに融合され、解決される。すなわち、サミュエル（ベケット）を思わせる名前の看護人レミュエルに率いられてマックマンその他の狂人たちがボートを沖に漕ぎ出し、（まちがいなく死に向かって）漂流し始めたところまで物語を書いたところで、マロウンの鉛筆は痙攣的にとだえて終わる。『マロウンは死ぬ』の終りである。このとき「物語」の終りと「独り書き」の終り、マックマンの死とマロウンの死は正確に一致した。このとき「私の瞼のうしろで別の瞼が閉じるのを感じたい」「私の被造物と同じ瞬間に消え去りたい」というマロウンの悲願は成就した。彼は「生きることと作ること」を完遂したのである。

『マロウンは死ぬ』は『モロイ』に劣らずベケット的道化＝作家の完成を示す作品である。「現在の状況」「物語」「財産目録」のそれぞれに、隅から隅までしみわたった絶妙なおかしさ、「絞首台《ギャロウズ》のユーモア」ならぬ「死の床《デスベッド》のユーモア」は、「まじめという野獣」におびえながらも、土壇場の「遊戯《ゲーム》」「演技《プレイ》」をやりおうせた「道化」の勝利なのである。

楽屋裏をさらけ出しながら芝居《プレイ》を演ずること、手のうちを見せながら勝負《ゲーム》をすること、つまり物語を作ることとまたは書くことの虚構性を徹底的にあばくこと、しかもその虚構の絶対的な必要性を同時に証明すること――この苦しい作業は『モロイ』から『マロウンは死ぬ』にいたる下降螺旋形によってもののみごとに完了した、と思うのはぼくたち素人の（無理からぬとはいえ）浅ましさである。三部作最後の『名づけえぬもの』の主人公は、「終り」に向かって「さらに狭まっていく」自分の状況を、文字どおり「一種の逆螺旋形」のイメージで語っている。この作品においてこそベケット的芸術家＝主人公は「終り」に、ゼロ地点に、到達することに成功するだろう。物語性その他の一切の虚構性は最後的に剝奪されるだろう。しかし、それは真に「終り」、ゼロ地点であろうか――この最も悪質な疑問こそ、ベケット的な悪質な螺旋形が主人公を（そしてぼくたちを）まきこんで、収斂していくところの「名づけえぬ」地点であるかもしれない。

冒頭の一句がまさにそのような地点を暗示している――「どこだ、こんどは？」臨終の床での独り書きというマロウンの位置は、今にして思えば、極端な原型への還元ではあったけれど、やはり一つの虚構、みごとすぎるほどの虚構であった。それは書くまたは作るという行為をぎりぎりまで追いつめた苛烈な帰謬法（reductio ad absurdum）であったけれど、全くの「無意味《アブサード》」には陥らなかった。むしろ、臨終にあたって生を総括し、主に提出すべき「勘定書」「報告書」を作製するというキリスト教的伝統に根ざした深い「意味《ミーニング》」、あるいは実存的一回性という緊張した「意味」に満ちていた。それは、『名づけえぬもの』の地点からふり返ってみると、まるでベケットが主人公に与えた稀れな依怙《えこ》贔屓《ひいき》、言いかえればベケットが自らに許した稀れな悲願成就の幻想であったかのように見えてくる。では「こんどは」いったい主人公は「どこ」にいるのか。

「自分がすっかり包まれていて、しかも何にも触られていないというこの感じは、かつてない新しいものだ」と主人公は自分のいる場所について言う。それは「灰色」であり「まっくら」であり「不透明」であり「それにもかかわらず明るい」。「空虚《ヴォイド》」なのか「充満《プレーヌム》」なのか判じがたい。それを満たしていると見える「濃い空気」は実は「私を閉じこめている壁」なのかもしれない。それは「丸天井の地下室」とも「牢獄」とも「深淵」とも感じられる……。この何とも非現実的な言語化しえぬ空間、処女作の「部屋」からマーフィーの「密閉された精神」をへてマロウンの「丸天井の部屋」にいたるベケット的空間の精髄とでも言いたいこの場所は、ためらわず言ってしまうなら、まさに意識そのものにほかならない。「私は脳髄の内部にいるような気がする」という主人公の言葉は必ずしも冗談ではないのだ。それが誕生前の「子宮」や死後の「墓穴」の内部を思わせるとすれば、それも当然であって、デカルト主義者ベケットにおいては、霊魂ならぬ意識は肉体を越えて不滅なのである。おそらく、意識そのものを直接に視覚化し言語化しようという不可能な試みがかつてなされたことがあるとすれば、この作品がそれであろう。（ヴァレリー〔Valéry〕の『テスト氏』〔＝頭脳《テート》氏〕*Monsieur Teste* も、埴谷雄高の『闇の中の黒い馬』もこれほど直接的ではない。）

しかし、それは誰の意識、誰の脳髄の内部なのか。冒頭第二番目の句はぼくたちの発するものである――「誰だ、こんどは？」そう、モロイとマロウンのあと、「こんど」の主人公は「誰」なのか。主人公は「私、と私は言う。が信じちゃいない」と言う。ただ一つ確実なことは、主人公「私」が「名づけえぬもの」と名づけられていることだけ、そしてこの名前がこれまでの主人公たちと「**M**」の一字を共有していることだけである。

とりあえずということなら、「私は」サミュエル・ベケットそのひとだと、ためらいながら言ってもいいだろう。なぜなら「私」の「意識」の中に、ベケットの過去の主人公のすべてが現われては消えていくからだ。「実を言うと、彼らはみんなここにいるにちがいない、少なくともマーフィー以来の連中は。」とりわけ最近の「被造物」マロウンの「つばなしの帽子」をかぶった姿が「そこを」「私の前を」通っていくのを「私」は見かける。そしていま「私」は「私の人形《マネキン》たち」に対して激しい苛立ちを覚えている。いや、「これらすべての放浪者たち、足萎えの片輪者たちの物語はどれも私のものだ」とすれば、むしろ彼らを作った自分に対して、と言うべきだろう。なぜ苛立つのか。ここでぼくたちは問題の急所に近づく。「マーフィーだとかモロイだとかマロウンだとか、この連中に欺されちゃならない。やつらのおかげで私は時間を無駄につぶし、無駄に苦しんでしまった、しゃべるのをやめるために、私のことを、私のことだけをしゃべるべきだったのに、やつらのことをしゃべってしまった。」「マーフィー以来のもみがらども、いやマーフィーの前にもいたのだが、を相手につぶした時間を思うと……。」彼らの背後に、場末の見せ物のように、「下手な腹話術師が見えすいていた」のに、「私」は(マロウン風に言うと)「本題《テクスト》」に入らぬための「口実《プレテクスト》」として「これらの操り人形」「私の気違いたちの一座《トループ》」に芝居をやらせていたのだ。「私」はいま彼らを否定し、「孤独に放り出された自分」だけを語ろうとする。

これらの（また他の多くの）サーカス的イメージはベケットの偉大な同国人イェイツ（W. B. Yeats）の詩「サーカスの動物の逃亡〔'The Circus Animals' Desertion'〕」を想起させずにはおかないだろう。イェイツもまた、自己の詩的創作の総決算であるこの晩年の傑作で、悲痛な自嘲をこめて、初期のオシアン以来の人物たち――「わがサーカスの動物たち」――の逃亡を認める。そして彼もまた虚構の崩壊ののち、いま「すべての梯子が始まるところ／わが心なる醜悪な古道具屋に身を横たえ」る決意を固めるのだ。しかしベケットの自己の芸術への反省はイェイツのそれよりもっと厳しく、もっと悪質で絶望的な様相を呈する。過去の人物たちを否定し、自分について語ろうと決意しながら、「私」は、よってもって彼らを否定すべき自己、語るべき自分が「空無」であることを見出さざるをえないからだ。モランは小市民的自我を失うことによって「前よりも鋭く明確な自己同一性《アイデンティティ》の意識をもつ」ことができた。マロウンにはそんな幸福はありえなかったが、しかし彼はまだ「人物」という「他者」を作って「ひたすらその跡を追う」ことに命を賭けることができた。だが「名づけえぬもの」にとって、事態はそのように一方通行的ではない。この空間では、微光の点滅が「光源のゆらめきによるのか私の知覚の間歇性によるのか」判じがたいのと同様に、一切が相対的・相互交換可能であって、「マロウンが私の前を通る」のも実は「私が彼の前を通っている」のかもしれないのである。実を言えば、モランとモロイ、マロウンとマックマンの区別もまたついに曖昧になったではないか。至上権をもった作者の赤裸々な自我、などというのももう一つの虚構にすぎず、自我とは果てしなく皮をむいていくことができる玉ねぎではないのか。

そこで、この自我の自己同一性を確認するためには（「自分が消え失せぬために」と「私」は言うが）やはり他者の物語を作らなければならぬ、という悪循環に陥った「私」は、またぞろバジルという「私の代理人」を作り出す。そしてたちまち彼をマーフッドと改名し、さらにワームと呼び変えるが、「彼〔ワーム〕」もまたやがて倦きて、私を作るという仕事を放棄し、他のものに場所をゆずるだろう」と「私」は予感している。「私」と「人物」、「語り手《ザ・テラー》」と「語られるもの《ザ・トールド》」のこんがらがった関係を最もよく示すのはマーフッドの物語である。彼は「私」の被造物のはずなのに、独立しているかのごとくに、自分の物語――片足で松葉杖をついて放浪の旅から家族のもとへ帰ってくる話、ついで手足を失って甕《かめ》に入れられ、パリのあるレストランの看板代りに街頭にさらされている話――を語り、そして自分と「私」とは同一人物だと主張する。「私」はそれを否定するが、マーフッドの一人称による物語を「私」は引用符なしで紹介していくので、ぼくたちは文中の「私」がマーフッドなのか「名づけえぬもの」

なのかわからなくなってしまう（ときに「しゃべっているのはマーフッドだ」と注釈が入るにしても）。つまり『マロウンは死ぬ』にくらべて、まことに混沌たる枠入り物語なのだ。

この話法の混乱――「代名詞だの何だのいうあほだら経の品詞に文句をつけたってしょうがない。主語なんてどうでもいいんだ」――を契機として、ぼくたちはより根本的な問題に移っていく。またしても言葉の問題である。言葉の虚妄性とそれにもかかわらぬ必要性については、前二作においてとことんまで掘り下げられたかと思えたのに、これまた剝《む》けども尽きせぬ玉ねぎであることが完全に証明されるのは『名づけえぬもの』においてである。

書くことの即物性があれほど強調された『マロウンは死ぬ』のあとで、まず「名づけえぬもの」が書いているのか、しゃべっているのか、判然としない。さだかならぬ空間に坐りつくしているということ以外には肉体的状況のさだかならぬ「私」であるが、「こんな状態でどうして書くことができよう」と言いながら、「手を膝からあげられない私が書いているのだ」とも言う。いずれにせよ、「私は〔書く〕マタイであり、また私は〔書かせる〕天使である」以上、もはや言語行為そのものだけが問題なのだと考えていいだろう。実際、「私」は言語行為そのものの主体としてのみ存在するのであって、それ以上でも以下でもない、倫理的意味における自己同一性《アイデンティティ》はおよそ問題ではないのだ、と考えるのがこの作品の主人公に対するおそらく最も簡明で最も正しい見方かもしれない。とすれば、「私」はもはや単に過去の自作を総括し現在の自分の窮状を検証する作家サミュエル・ベケット個人の自伝的肖像ではなく、また三部作第三作として作ることについて考察している作家一般の神話でさえなく、「言語動物《ランゲッジ・アニマル》」としての人間一般《エヴリマン》の窮極的な姿となってくるだろう。そして『名づけえぬもの』一巻は、「考えるゆえに存在する」デカルト的人間に一ひねりを与えた「しゃべるゆえに存在する」人間についてのユニークな存在論となる。

「私はたえまなくしゃべる、だからきっと私は存在するのだろう」とワットは言った。肉体的存在がほとんど問題にならない「名づけえぬもの」は自分を「大きなおしゃべり玉《トーキング・ボール》」と呼び、しゃべりつづける。なぜそうしゃべりつづけるのか。まず、しゃべらなければ「自分が消え失せてしまうという」恐怖のためだ。「私」が「意識そのもの」の空間にいるとすれば、そして「意識」が「言葉」でできているとすれば、言葉の消滅は意識の、つまり「私」の、消滅である。ところで「私」がしゃべろうとしているのは結局「自分」についてであるわけだが、「私」=「意識」=「自分のアイデンティティ」について「言葉」で語るということは、いわばダイアモンドでダイアモンドを削るような、いや（言葉の非実体性とまやかしがすでに明白である以上）豆腐で豆腐を刻むような虚妄な行為とならざるをえないだろう。言語の解体または自己消去をもたらすにちがいないこの間の消息は、ウィトゲンシュタインの「語りえぬものについては沈黙しなければならぬ」という箴言をもじったかのような次の一文に端的に示されている――「事実はこうらしい、私の状態で事実について語ってよければだが、つまり私は語りえぬものについて語らなければならないばかりでなく、もっと興味あることには、この私という点がさらにもっと興味あることなのだが、つまり私はしなければならない、何をだったか忘れてしまった、かまうものか。それはそれとして私はしゃべらなければならぬ。私は決して黙ることはないだろう。決して」。

しかし、他方、「私」が何にもまして望んでいるのが「意識」＝「自分のアイデンティティ」の消滅であるということも確かなのだ。言いかえれば、言葉の消滅を、「最後の言葉をしゃべって、ついに黙ることができること」を、「私」は必死に求めているのだ。あるいは、意識にとって言葉ともの（世界）が同じであるとすれば、「私」の憧れているのは世界そのものの終末だと言ってもいい。だが、これがかなわぬ願いであることはもっと確かであるらしい。そこで「ものを終わらせるための、おしゃべりを終わらせるための、手段を探し求めることが、とりもなおさず言説《ディスコース》をつづけさせる」ことになる。こうして、この「しゃべることの不可能」への終末論的願望は先述の「黙ることの不可能」への存在論的要請と重なって、結果は同じ果てしないおしゃべりとなる。

角度を変えて、「私」をおしゃべりに駆りたてるものを外部に、すなわちこの作品に出没する「彼ら」に、求めることもできるかもしれない――おしゃべりは「彼ら」の課する「罰《パニッシメント》」「罰課《ペンサム》」なのだ、と。「彼ら」の正体は不可解な謎である。処女作「被昇天」の「力」からノット氏やモランの上司ユーディ（エホバ？）をへてモロイの原稿を要求する「彼ら」にいたる「残酷な暴君」としての「神」が、ここに集約されていることはいちおう確かであろう。またこれまで巡査や精神病院の管理者などに代表されてきた地上的「権力」を「彼ら」に読みこむことも許されよう。しかし、すでにモロイにとって書くことが外部からの命令であるとともに内的な「仮説的命令《ハイポセティカル・インペラティヴ》」でもあったように、「名づけえぬもの」に「つづけよ」と命ずる「彼ら」の「声」は、単に通常の意味での「神」や「権力」ではない。むしろ、それは「意識にとって他者なるもの」の一切を表わす、とぼくには思われる。すなわち、「私」は「彼ら」の執拗な「声」を逃れて「意識」の中にこもり、唯我論的・自閉症的な孤独の幸福を求めようとするのだが、かつてのマーフィーと同様にそのような特権的至福は許されるはずもなく、「声」がきわだたせる残酷な孤独の中で、もはや「声」をかき消すためにしゃべるのか、それとも「生まれたという罪」に対して「声」が要求する「罰」（「不思議な罰、不思議な罪だ」）に服してしゃべるのか、わからぬままに、「私」はしゃべりつづけなければならないのだ。こうして、「私の生につねに内在していた三つのこと」が出揃う――「しゃべれないこと、黙れないこと、および孤独」。

しかし「彼ら」を「私」にとっての「他者」として峻別できるなら、まだ事態は幸せである。なるほど「彼ら」は「暴君」としての神、『リア王』的な「いたずら好きの神《スポーティング・ゴッド》」、偶因論的神でもあり、デカルト的な「狡智の限りをつくして私を欺こうとしている悪魔」でもあろう。しかし始末の悪いことには、「私」が作ったマーフィー以下の「人物たち」もまた「彼ら」なのであり、「私」を欺そう、沈黙させまいと企《たくら》んできたものたちなのだ。つまり人物たちは「私の代理人」「私のもの」でもあり、また「彼らの代理人」「彼らのもの」でもある。とすれば、「私」と「彼ら」の区別さえ曖昧になり、すべてが相互交換可能になってくる。いや、最も悪質なのは、「私」がしゃべる「言葉」もまた「彼ら」「意識にとっての他者」であり、そして「私」と「言葉」が主体性を交換するということである。『名づけえぬもの』の最も重要な一節――「私は言葉の中にいる、私は言葉でできている、他人の言葉だ……私はこれらすべての言葉だ、これらすべての他者だ」。また次の一節――「言葉を言わなくちゃいけない、言葉がある限りは、言葉を言わなくちゃいけない、言葉が私を見つけるまでは、言葉が私を言うまでは、不思議な罰だ」。「私」が言葉を駆使して自分を表現するのではない、「それが語る」、または「私は語られる」のだ。「主語なんてどうでもいい。」主導権は非人称的言語に渡された。「私は他者だ」（ランボー）。「自分という赤の他人」（プルースト）。人間の個性や人格は、人間の意識を寄生させつつ果てしなく自己増殖していく巨大な珊瑚樹のごとき言語そのものの深層的構造にくらべれば、些細な問題にすぎない。近代合理主義的ヒューマニズムの遺産である人格の主体性の観念はここに亡びる。神が死んだばかりではない、人間が死んだのだ……。

　しかしいまは、マルラメからヌーヴォー・ロマンをへてレヴィ＝ストロース（Lévi-Strauss）、フーコー（Foucault）、バルトらにいたる人間・言語・文学へのラディカルな疑問と探求の過程の中で、『名づけえぬもの』の占める位置を測定する余裕はない。また、同じく意識の深層から沸き出る内的独白の極限形態といいながら、ジョイスの『フィネガンズ・ウェイク』が夢という設定の中で言語の豊饒な創造的可能性をプラスの極限に推し進めたものであるのに対し、その向こうを張ったかのごとき弟子の作品は醒めきった状態の中で言語の貧しさと不能《インポテンス》をマイナスの極限に追いつめたものであるといった重要な話題についても、論ずるひまはない。ここでは次のことも確認すれば足りるとしよう。「言うことはでっちあげることだ」と承知しつつ、しゃべりつづけることによってのみ辛くもその存在を保っている人間、その「虚無《ナッシング》」すれすれのありようを、間然するところのない切迫性《イミーディアシー》をもって描ききったこの痛ましい作品こそは、人間の贅物を仮借なく剝奪しようとするベケット的企図の論理的帰結である、と。

「虚無」の一字がぼくたちをデモクリトスに、道化の主題に、引きもどす。アブダラの「笑う哲学者」の「馬鹿笑い」(『マーフィー』)は、この痛ましい作品の中で、「私」が「笑おう」と決めて「クスクス」から「ヒーヒー」までさまざまな笑いを試みるくだりに、またしても現われるからである。そして確かに「私」は「大きなおしゃべり玉」と化したこの期《ご》に及んでも、人生そのものを「サーカス」と見たてる道化の精神を失ってはいない。マーフッドとしての「私」はラブレー顔負けの糞尿学的傑作を飛ばすこともできる——「さる学者によれば、科学的に言って、最後の息は尻の穴から出るはずで、だから家族の者が遺言状を開くまえに鏡を近づけてみるべきは、口ではなく、こちらの穴でなければならないそうだ」。しかし、先に見たように、モロイやマロウンといった完璧な道化をも否定しようとする「私」において、つまり肉体的現実性をほとんど完全に失って「意識」そのものと成り果て、虚無と沈黙に可能な限り近づいた「名づけえぬもの」において、道化は終焉に瀕しているのではあるまいか。つきつめて言えば、この作品をしめくくる有名な言葉、「つづけなくちゃいけない、つづけることはできない、つづけよう」という絶望的な覚悟の呟きが、同時に道化の支離滅裂でノンセンスな

「台詞《ことば》のおかしさ」でもあるといえる限りにおいて、その限りにおいてのみ、「名づけえぬもの」は道化とみなしうるのではあるまいか。（確かに「虚無ほど現実的なものはない《ナッシング・イズ・モア・リアル・ザン・ナッシング》」という最も恐るべき箴言は滑稽な地口《パン》でもあるのだ。）そしてまた、黙ろうとして黙れぬ、しゃべろうとしてしゃべれぬ、答えの不可能を知悉して問わずにはいられぬ、といった根源的なディレンマがベルクソンの言う「状況のおかしさ」でもあるといえる限りにおいて、その限りにおいてのみ、『名づけえぬもの』は滑稽小説だとみなしうるのではあるまいか。

道化の完成（3）

『名づけえぬもの』を書いているころ（一九四九年）、ベケットは『トランシジョン』の戦後の編集長デュテュイ（Georges Duthuit）との『三つの対話〔*Three Dialogues*〕』の中で、画家ヴァン・ヴェルデ（Bram van Velde）の作品にことよせて、彼自身の芸術理念の重要な告白を行なっているが、そこで彼はこう語っている――「表現すべき何ものもなく、表現の手段とすべき何ものもなく、表現の出発とすべき何ものもなく、表現する力もなく、表現する意志もない、ただ表現する義務があるだけだ」。ついで三部作完成のあとしばらくして、彼はこう述懐している――「フランス語で書くようになってから、私は同じことを何度もくり返し言っているような気がするところまで来てしまった。ある作家にとっては、多く書くほど書きやすくなる。私の場合、書くことはだんだんむずかしくなってくる。可能性の領域がだんだん狭くなってくるのだ。……私の作品の終りには塵しかない。最近の『名づけえぬもの』では完全な解体以外の何ものもない。《私》もない、《持つ》もない、《在る》もない、主格も目的格も動詞もない。これ以上つづけようがない」。

小説におけるこのないないづくしのどん詰まりから演劇における可能性へのまさにドラマティックなほど鮮かな脱出、それが『ゴドーを待ちながら』だった——という便利な図式は、残念ながら、創作年表の一瞥によって否定される。この戯曲は一九四八年、つまり『マロウンは死ぬ』と『名づけえぬもの』の間に執筆されたのである。そこで代りの図式は、三部作が強いる骨肉を削るような苦業からの「気散じ」として、つまり『マロウンは死ぬ』を書きあげたあと『名づけえぬもの』のわれとわが想像を絶する深淵へ降りていく前の息抜きとして、『ゴドーを待ちながら』を見ることである。確かにベケット自身、演劇を「寄合い世帯の遊戯《グリゲアリアス・ゲーム》」と呼び、小説における孤独な自閉症的な探求の回避ないし解毒剤をそこに求めているかのような口吻をもらすことがある。そして確かに『ゴドーを待ちながら』は「気散じ」的な多様性と外向性をふんだんにもっている。

しかしベケットの演劇への接近はこのとき始まったわけではない。ダブリンの学生時代はアベイ劇場の常連であり、ロンドンではミュージック・ホールに、パリでは小劇場に通った彼である。『ホロスコープ』は劇的独白だったし、『マーフィー』のあとではジョンソン博士とスレイル夫人の関係を劇化しようとして厖大なノートを取ったことがある。戦後フランス語で書き始めたときの作品には、『初恋』などのほかに戯曲『自由《エレウテリア》』（未刊）もあった。いや、小説そのものにおいてさえ、小説づくりを「遊戯」「演技」「芝居」と称したマロウンを典型として、演劇的・道化芝居的モチーフとイメージが一貫していたことを、ぼくたちは見てきたのではなかったか。とすれば、突如としてかくも完成した姿で現れ出た『ゴドーを待ちながら』は実は長年の潜在的本能が顕在化した、書かるべくして書かれた戯曲だと言わざるをえない。

ただ、この鮮かな演劇的開花がなぜとくにこの時点において可能になったのか、なぜ『自由』は失敗し『ゴドーを待ちながら』は成功したのか、と考えれば、三部作との関連が当然問題になってくる。だがぼくに言わせれば、それは「息抜き」という関係ではない。それどころか、戯曲『ゴドーを待ちながら』におけるベケット的道化の完成は小説『モロイ』『マロウンは死ぬ』におけるそれと厳密に相似的《パラレル》なのだ。

ヴラジミール（以下ディディ）とエストラゴン（以下ゴゴ）という二人の浮浪者は、モロイやマロウンに較べていかにも道化らしい道化であり、『ゴドーを待ちながら』はいかにも道化芝居らしい芝居である。ベラックワからメルシエとカミエをへてマロウンにいたる小説的人物が含んでいた道化的性格は、ここについに全面的に認知され、掛値なしの「道化」として具体化されて舞台に上ったのだと言える。開幕冒頭、ドタ靴を脱ごうとして四苦八苦しているゴゴから始まって、ディディのチャップリン＝ワット風のがに股歩き、山高帽をのぞいたり、ぐるぐる廻したり、人参をかじったり。物真似をしたり、折重なって倒れたり、最後にゴゴのズボンがずり落ちたり、この芝居の道化ぶりとギャグを挙げていったらきりがない。というより、これらの仕草やギャグこそこの道化芝居の有機的実体なのであって、これらの滑稽な外皮に装飾的におおわれた何か深刻な玉ねぎの芯があるわけではない。道化ぶりは外皮であり実体である、形式であり主題である――ここにすべての『ゴドーを待ちながら』論の出発点《アルファ》がなければならない。おそらく終着点《オメガ》もそこにある。

そもそも、コメディア・デル・アルテからサーカスのクラウン・ショーにいたるまで、道化芝居とは本質的に演劇そのものへの批判的省察を内蔵している演劇形式ではあるまいか。肩のこらない大衆芸能に対してこれはまた大仰な読み込みを、と言われるかもしれない。しかし、道化ぶりや悪ふざけがそのまま演劇の自己批判となっているというこの道化芝居の本質こそ、ベケットの天才的直観を捉えたものではないか、という気がしてならない。たとえば、『ゴドーを待ちながら』の道化芝居としての特徴の一つに「楽屋落ち」がある。ディディ（舞台袖に行きかけて）「すぐ来るからな。」ゴゴ「知ってるね、廊下の突き当り、左側だ。」ディディ「席を取っといてくれよ。」小用から戻ってきたディディに、ゴゴ「おまえ、すばらしいとこを見そこなっちゃったぜ。」こんな明白な例から、地名を「ラ・プランシュ」（英語版「ザ・ボード」。ともに「板」「舞台」の意）と呼んだりする手のこんだ暗示まで、いわゆる「劇場的暗喩《シアトリカル・メタファー》」は数えればきりがない。さらに、ディディとゴゴが「ポッツォとラッキーごっこ」をしたり、ポッツォがデクラメイションをやったり、ラッキーが演技をさせられたり、それを見てうんざりした二人が「すばらしい晩だ」「全くたまらない」「パントマイムよりまだひどい」「サーカスだ」「ミュージック・ホールだ」「サーカスだ」とぼやいたり、というこれまた無数にある「劇中劇」または寸劇《スキット》めいた場面も「楽屋落ち」の変種とみなしてよかろう。

これらの「楽屋落ち」は単なる「気散《エンタテイメント》じ」ではない。舞台上のいかにも真実《まこと》らしい自立的世界を「第四の壁」から覗き見しているのだという観客の幻想——近代リアリズム演劇が前提としてきた幻想——を突き崩し、「芝居は芝居」と思い知らせる役目を、それらは果たすのだ。思えば、このような「異化効果」はリアリズム演劇以前にはむしろ当りまえだった。『ハムレット〔*Hamlet*〕』は「演劇の中で行われた演劇の批評」の最大傑作であり、同時代の『ドン・キホーテ〔*Don Quijote*〕』が「ロマネスクを殺すことによってロマンを創った」（チボーデ〔Albert Thibaudet〕）反小説であったように、「劇的なもの」（この場合は既成の復讐劇の約束を思えばよかろう）を殺すことによって新しい「劇」を創った反演劇だった。『ゴドーを待ちながら』は「劇的なもの」（筋・性格・心理・装置など）を殺すことによって同様なことを近代写実演劇に対して行なった。それは小説三部作が近代写実小説に対して行なった『ドン・キホーテ』的作業と正確にパラレルである。おそらく、このときハムレットとドン・キホーテがベケットの人物たちと同じく「道化」的人物であったことは偶然でない。

しかし『ゴドーを待ちながら』に内蔵された批判は近代写実演劇に向けられているばかりではない。むしろ演劇そのものの根本的要素が再吟味されているのである。たとえば、アリストテレスが演劇の中心においた「ミメーシス」（模倣・真似）の観念——近代リアリズムはそれを素朴な金科玉条に仕立てたのだ——は、ディディとゴゴが「ポッツォとラッキーごっこ」をしかけてすぐ飽きたり「木の真似」をしてよろめいたりする場面で、痛烈な批判にさらされている。これは、ベケット十八番の帰謬法ないし直解主義《リテラリズム》のおかしさによる批判と言えよう。この点で最も興味あるのは、ほかでもない冒頭の台詞である——“Nothing to be done”（フランス語版“Rien à faire.”）これはむろん靴が脱げなくて苦労しているゴゴの「どうしようもない」という舌打ちである、しかし“do”“faire”には“do the tree”（“faire l'arbre”）とあるように、「真似する」の意味がある。ギリシア語でも“δρᾶν”（する）は「演ずる」「模倣する」をも意味し、ここから“δρᾶμα”（ドラマ）が生じる。とすれば（ぼくたちも直解主義をあえて犯そう）“Nothing to be done”は「するべきことは何もない」であるとともに「模倣すべき何ものもない」「演ずべき何ものもない」であるはずだ。これはアリストテレス的演劇理念、いやあらゆる演劇理念の全否定ではないか……。

　そしてこれはまたベケット的演劇のひそかなマニフェストにほかならない。アリストテレス的「模倣」とは単に物真似の身振りを意味するのではなく、悲劇や喜劇のアクション（筋）の中に人間の運命または生の原型を「かたどる」ことにかかわっていた。ということは、悲劇にせよ喜劇にせよ、対立する力の葛藤を作品内部に設定し、結末においてその葛藤に美的・心理的・形而上的な解決（悲劇ならカタルシス、喜劇なら笑いによるしごき）を与えることにほかならなかった。ところが『ゴドーを待ちながら』には、いかなる葛藤もない、したがっていかなる解決もない。（『ゴドーを待ちながら』英語版には「悲喜劇《トラジコメディ》」という副題がついているが、これは「悲劇でも喜劇でもある」という通常の意味よりは、ベケット的ないないづくしに忠実に「悲劇でもなく喜劇でもない」と受取るべきであろう。）これは実は必然的な結果としか言いようがないことだ。なぜなら、ベケットにとって、何の葛藤も解決もないこと、ゴゴの言う「何も起こらない」こと、「するべきことが何もない」ことが人間の運命または生の原型なのであり、ディディの言うとおりのこの「本質は変わらない」のである。そしてベケットはこの「原型」「本質」を「模倣」したにすぎないのだ。ポッツォとラッキーの出現も、綱で結ばれた二人（それが何の象徴であれ）によって人間の条件の「変わらぬ本質」を無意味に示しただけで、「何かが起こった（つまりゴドーが来た）」というディディたちの思いこみは無と化する。「するべきことが何もない」人生を「模倣」すれば、「模倣すべき、演ずべきことが何もない」演劇になるのは理の当然ではないか。またしても帰謬法の勝利である。

こうして『ゴドーを待ちながら』は冒頭の一句から演劇的「無」を体現した演劇として出発する。その後二人の道化がやることとは、「するべき、演ずべきことが何もない」ままに、「無」を演ずることでしかないだろう。そして演劇の根本的要素たる「身振り」がかくのごとく意味を剝奪されているとすれば、もう一つの要素たる「言葉」も同様であろうと推測される、果たして、密接な因果関係によって人物の性格・心理・行為・状況に結びついた台詞という古典的前提は、この作品ではみごとに消失し、台詞は表現と伝達の機能から完全に遊離しているかのように見える。こわれたしゃべる機械のごときラッキーの長台詞から、「じゃあ、行くか」「ああ、行こう」（二人は動かない）という幕切れまで、例は数えきれない。そしてここでも、頓珍漢なやりとりや無意味なおしゃべりは、ミュージック・ホールのギャグのおかしさでありながら、同時に、無批判に信じられてきた必然的台詞という虚構を暴露し、言葉でいったい何を言うことができるかという根源的な問いを投げかけてもいるのだ。

　空しい身振りと空しいおしゃべり、これらが「待つ」という大きいコンテクストの中に置かれているのは当然である。待ち人が来ないのがほとんど確かであるとき、待つとはあらゆる行為の中で最も消極的な、実体を欠いた行為である。このとき、この行為の空虚を埋めるものが空虚な身振りとおしゃべりにほかならない。その結果は、死を待つマロウンのあの「気散じ《ディヴェルティスマン》」「遊戯《ゲーム》」の臆面もない道化版である。『ゴドーを待ちながら』初演を見たアヌイ(Jean Anouilh) は、いみじくも「フラテリーニ一座演ずるところのパスカルの『パンセ』」と評した。

　しかしぼくたちは、このような否定的ないないづくしがその極点において肯定的な豊饒に逆転することを見失ってはならない。そこに『ゴドーを待ちながら』の奇蹟的としか言いようのない勝利があるのだから。まず言葉について言うなら、台詞の虚構性が暴露されただけではないのだ。この芝居では、言葉が、それを発する人間の主体性からあまりにも遊離したため、まるで外から人間に降ってくるように感じられることがある。そしてそれによって人間は「おれたちは存在しているんだという感じ」（ゴゴ）を得る。つまり言葉が人間を存在せしめるのだ。このとき言葉は虚妄どころか、人間以上の実体性をもつ。実際『ゴドーを待ちながら』には、言葉が踊るデュエットとでも呼びたいやりとりがある——

ディディ　みんなもっともだ。
ゴゴ　あの死んだ声を。
ディディ　それは羽ばたきの音だ。
ゴゴ　木の葉のそよぎ。
ディディ　砂の音。
ゴゴ　木の葉のそよぎ。
　沈黙
ディディ　それはみんな一度に話す。
ゴゴ　みんな、かってに。

沈黙

ディディ　どちらかというと、ひそひそと。
ゴゴ　ささやく。
ディディ　ざわめく。
ゴゴ　ささやく。

これは寄席の掛合い漫才というにはあまりにも純粋で美しい詩である。
身振りにしてもそうだ。すべての意味と目的とを剝奪されたことによって、二人の道化（それにポッツォとラッキーを仲間に入れていけないわけがあろうか）の身振り・物真似・演技は、空しさの極点において、その本質的性格をあらわにする。言いかえれば、「ホモ・ルーデンス」としての人間の正体がこれによってまざまざと露呈する。"Ludo, ergo sum"（われ演戯す、ゆえにわれ在り）という存在論の、これまた帰謬法的証明にほかならない。むろん、それは涙が出るほど滑稽な、貧しい、なけなしの「遊戯的人間」の姿である。しかしその「舞台上の存在感」――ロブ＝グリエ（Alain Robbe-Grillet）の言う"la présence sur la scène"――がいかなる写実的劇中人物のそれよりも充実しているという逆説は、否定しようがない。

同じように、劇場的暗喩による演劇への批判的反省は、「反演劇」どころが、シェイクスピアの時代に可能であった「世界は劇場だ《テアトルム・ムンディ》」という豊饒な演劇的世界観を現代に裏返して復活させるという放れ業に化する。人間とは俳優——ただし、しゃべること演技することによって辛くも存在する道化——ではないか。人生とは芝居——ただし、来ないものを待ちつづけなければならぬ解決のない悲喜劇、何も起こらない空しく滑稽で退屈な道化芝居——ではないか。ゴゴたち自身の「全く退屈でたまらない」という楽屋落ちによって先手を打たれているので、ぼくたち観客は今更ぼやくことも、席を立つこともできぬ。舞台の上の退屈と観客席の退屈はほとんど正確に重なり合い、ちょうどグローブ座の観客がシェイクスピア的興奮と豊饒にまきこまれたのと同じように、ぼくたちはベケット的退屈と空無の体験を強いられる。

おそらくこの演劇的「空無」の体験の極致は、ノット氏邸におけるワットの体験のように、「何も起こらない」が「無が起こる」に変じるところにあるだろう。バタイユ（Georges Bataille）における「無の実体化」を批判したサルトルの撞着語法《オクシモロン》をもじるなら、理想的な『ゴドーを待ちながら』上演においては、「無の演戯化」が実現され体験されるはずである。さらに言えば、そのとき観客は舞台の上に「神」——「無」としての「神」——の顕現を見るはずである。「ゴドー」とはたぶんそのような「神《ゴッド》」なのだ。つまり、「ゴドーを待つ」この芝居は、そのとき、「無＝不在としての神」の顕現を招来するための呪術的・祭儀的演劇となる……。

以上の『ゴドーを待ちながら』論を読み返してみて、それがさきほどの三部作論のくり返しに近いことを、ぼくはわれながら思い知る。小説という媒体そのものの生体解剖、あるいは書いている人間・語っている人間への焦点の集中が三部作をいわば根源的小説たらしめていたのと全く等しい論理によって、演じている人間そのものにまで演劇の媒体と主題を裸形化していく作業がそのまま『ゴドーを待ちながら』を最も演劇的《シアトリカル》な演劇にしていることは明らかである。もし作品の構造や細部のイメージやモチーフについて触れていたなら、「くり返し」の感はもっと強くなったところだろう。「私には欠点がいろいろある、しかし節を変える《チェンジ・ザ・チューン》っていう欠点だけはもってない」という『名づけえぬもの』の言葉そのままの、ベケットの誠実さ《インテグリティ》には感歎のほかはない。

しかしその誠実さこそ、『モロイ』『マロウンは死ぬ』の小説的完成から『名づけえぬもの』の果てしない自己破壊的螺旋形へとベケットを駆り立て、長年かけて完成されたわれらの親愛なる道化を危殆に瀕せしめたものであった。のっけから稀有の完成態として登場した『ゴドーを待ちながら』の道化たちも、やがて「まじめという野獣」に追いつめられずにはすむまいという気がする。しかし、まあ、取越し苦労はやめておこう。今は、ディディとゴゴはしゃべったりおどけたりしながら、虚無と絶望と沈黙とすれすれのところで、特権的に許された短い春の日を戯れ過ごす。少なくともあの「つづけなくちゃいけない、つづけることはできない、つづけよう」という『名づけえぬもの』の歯を食いしばったような結尾に較べれば、「じゃあ、行くか」「ああ、行こう」（二人は動かない）という『ゴドーを待ちながら』の幕切れは、道化芝居のちぐはぐなおかしさとして十分通用するはずである。ぼくたちも今は、沈黙と背中合せの笑いを自らに許すとしよう。

道化の終末

三部作と『ゴドーを待ちながら』によってベケットの主題はほぼ完全に出しつくした。その主題とは人間からどれほど贅物を剝奪することができるか、人間をどれほど無に近づけることができるか、ということだとすれば、そのあまりに仮借ない追及の結果、ベケットはついに主題の無化、つまり主題のないことが主題であるという地点に行きついた感がある。もう「これ以上つづけようがない」と思われる。確かにある意味ではそのとおりである。しかしここでベケットにおける二つの本質的信念（彼におよそ信念が残されているとすればおそらくこの二つしかない）が改めて確認されなくてはならない。一つは、人間からすべての贅物を剝奪することはできぬ、人間はいかに無に収斂しても完全に無になることはできぬ（または許されぬ）ということ。もう一つは、主題と形式は切り離せぬということ。そして「本質は変わらない」とすると、この二つから導かれる結論は一つしかない。すなわち、「つづけようがない」にもかかわらず、ベケットは書きつづけるだろう——主題的かつ形式的に到達不可能な（または到達を許されぬ）無《ゼロ》と沈黙の一点を、亀を追うアキレスのように、果てしなくめざしつつ。

岩盤をコルク抜きで穿《うが》つような、この苦しい下降型螺旋形に巻きこまれて、道化もまた果てしなく痩《や》せ細っていくのは必定である。しかしすべてが縮少していくこの道行きにおいて、なけなしの道化の表現や身振りが残り火のようにかえって印象的に閃く瞬間がないわけではない。それは極限まで切りつめられていくベケットの文章が信じがたい美しさに輝くことがあるのと同じだ。この縮少の道行きを辿るのに、ぼくたちに残された紙数も今や極度に縮少しつつある。ぼくたちの言葉も片言に切りつめられなければならない。

『無のための断章〔*Textes pour rien*〕』は『名づけえぬもの』の翌年（五〇年）そのどんづまりからの脱出の試みとして綴られた一三の文章《テクスト》である。題名に音楽とのアナロジーが窺えるとおり（"mesure pour rien"は「小節の休止」）、平均四ページほどのこれらの内的独白は、言語によって試みられた音楽への接近、ヴェルレーヌ（Verlaine）の「言葉なきロマンス」を裏返したもの、マラメルのソネットに歌われた「音楽的な空洞の虚無〔le creux néant musicien〕」の散文的創造とも言える。または、一三という秘教的数字（因みに例のMもアルファベットの一三番目の字だ）に窺えるように、秘教主義的サンボリズムが憧れた「言葉の錬金術」の否定的実践、ダンが「聖ルーシーの日の夜曲《ノクターナル》」で歌った「無からさらに無を抽出する」マイナスの錬金術がここにある。主人公はもはや「意識」の空間さえ失った「声」そのもの。記憶の断片をかき集めたり、自分が被告＝証人＝裁判官＝書記であるところの裁判を思い描いたりして、必死に「存在しよう」、アイデンティティを得ようと求める声。だがその唯一の手段は「主語が動詞に達しないうちに死んでしまう」ような言葉であってみれば、「無のための断章」とは「無意味なよしなしごと」にほかならぬ。「正確《オー・ジュスト》に言うと」という言葉を口にしたとたんに「声」は思わず笑い出してしまう。が、すぐ、これは冗談でさえないと思い知って、笑い止む。ここに（マラメルにはない）道化の面影がある。ただすくめるべき肩、（ディディのように）抑えるべき恥骨はもうない。

　次にベケットが取りかかったのは戯曲『勝負の終り〔*Fin de partie*〕』（執筆は五四〜五七年頃）。脳髄の外、舞台の上に発見された『ゴドーを待ちながら』の世界は少なくとも外見は「気散じ」と見えるほどに嬉々たる戯れにみちていたが、この第二作では早くも、舞台上の世界は

「まじめ」に「縮少」し始める。舞台そのものが二つの窓（目？）のある壁（頭蓋骨？）に囲われた密室、その外はノアの洪水か水爆投下のあとのような荒涼たる陸と海の終末論的世界。構造的にも、『ゴドーを待ちながら』はポッツォ＝ラッキーの悪化する主従関係によってわずかに垂直的下降性を与えられながらも、対等な二人を主役とした全体に水平的・反覆的な二幕。こちらはハム＝クロヴの主従・父子関係を中心に置いて、すべてが終末に収斂していく垂直的・非反覆的な一幕。『ゴドーを待ちながら』が春なら、これは冬。その陰欝苛酷な、（ベケット自身の言葉で言えば）「非人間的」な世界に君臨する盲目の老暴君ハムは車椅子から立てず（ベラックワ以来の静止の主題）、彼にこき使われて「痛い脚」で往復するクロヴは坐れない（放浪の主題）。ハムを生んだという罪のために呪われる両親はドラム罐の中だ。

一方、「楽屋落ち」は『ゴドーを待ちながら』におけるよりも狂暴な様相を示す。「どうしてこんな茶番劇をしなければいけないんだ、来る日も来る日も？」ハムの名前からして大根役者《ハム・アクター》だ。プレイ（演技・芝居・ゲーム）という因縁でこれに絡んで作品を貫いているのはチェスの比喩で、ハムの開口一番の台詞は「私の番（出番・指す番）だ。」この芝居は「もうじき終わるにちがいない」チェスの勝負の終盤戦《よせ》（endgame）、「道化芝居」の大詰めなのだ。「物語」を作って自分と他人に聞かせるのも、ハムにとって、よせを持ちこたえる手の一つであるが、四人それぞれの道化役者の指し手もだいぶ詰まってきて、「不幸ほど滑稽なものはない」と言いながら「同じ洒落を何度も聞かされる」みたいで「笑う気になれない」始末。ハムは早く指し切りたいと願い、クロヴは「引っ込みの見得」を切るが、果たして人生という「勝負」「芝居」、本当に終わるかどうか。以後の舞台劇の系列は、それが（クロヴの言及するゼノンの「粟粒の山」の詭弁のように）終わりそうで終わらないことを示している。

『クラップの最後のテープ〔*Krapp's Last Tape*〕』（一九五八年）の主人公にベケット的道化の特徴はまぎれもない。赤っ鼻、ごま塩の乱れ髪、近視、難聴、こわばった歩き方、汚れたドタ靴。バナナの皮ですべるという文字通りの道化演技にも事欠かぬ。それにこの老人、「畢生の大作《オープス・マグヌム》」のために女との幸福を捨てた作家でもある。今密室の中で、六九歳の誕生日にあたり、長年の習慣どおり一年の回顧をテープに吹きこもうとしている彼は、その前に三〇年前のテープを聞いてみる。と、三九歳の彼がその一〇年ほど前のテープを聞いた感想を語っている。つまり四〇年前からテープレコーダーを使っていたわけで、一九五八年作のこの戯曲のト書に「未来の、ある夕方」とあるのは理屈にかなっている。この文明の利器に着目した先見の明！　もっと驚くべきは、ベケット固有の主題の表現のためにこの新しい媒体の論理《ロジック》（ほとんど生理《フィジック》）がいかに巧みに利用されているか、その「コロンブスの卵」的な独創性と必然性だ。テープの操作で飛躍・逆転・反覆が可能になり、一見克服されたかと思える時間。それによってかえって露わになる記憶の貧しさと人生の「失敗《フィアスコ》」（マーフィー）。時間と記憶の皮をむいていっても玉ねぎの芯のように発見不可能なアイデンティティ。とりわけ、テープによって人間から分離された純粋な声。それをまるで他者のように聞いて苛立つ舞台上のクラップ。最後にテープが空回りする中で、彼を呑みこむ沈黙と虚無……。

次の戯曲『しあわせな日々〔*Happy Days*〕』（一九六一年）では、女主人公ウィニーはハム以上に動けなくなっている。第一幕では胸まで、第二幕では首まで地面に埋もれているのだから。（夫ウィリーは動ける、ただしクロヴやクラップ以上に脚がきかなくなり這っている。）そこでこれは、身振りからほとんど完全に分離された言葉だけで芝居が可能か否かという実験になる。当然、結果は音楽に近づく。言葉（例によって「無意味な単語《エンプティ・ワーズ》」）は音符。「でもまあ」「いえいえ」「そうそう」「昔ふうの言い方」「きょうもしあわせな日になるわ」といった陳腐な台詞や、微笑のひろがりや結んだ唇といった最少限の仕草は反覆される楽句《モチーフ》。絶妙な転調とクレッシェンドとディミニュエンドを奏でつづける循環的二楽章の「綺想曲《カプリチオ》」。しかしやはりこれは戯曲であって「無のための断章」ではない。ウィニーを演じて極めつけと言われるマドレーヌ・ルノーは、稽古で接触したベケットの「舞台感覚《センス・オヴ・シアター》（劇場的な勘）」に舌を巻いている。つまり身振りを抹殺されたにもかかわらず、いや抹殺されてこそかえって、みごとに言葉だけで成立しうる演劇空間をベケットが創造したということだ。「無意味」と「陳腐」の極致で言葉が至上の「劇場の詩」に転ずる——このようなことが起こりうるためには、言葉とそれが発せられる状況との間に、近代演劇におけるとは正反対な逆説的緊張関係が最強度に存在しなければならない。片や焼けただれた世界の真中に埋もれて「言葉にさえ見放され」そうな終末論的状況、片や「なんて因果なことでしょう、動けるなんて」とばかりつづけられるとりとめないおしゃべり。彼女の唯一の不安は就寝の時計のベル（最後の審判のラッパの雛型）の鳴る前にしゃべる言葉が尽きてしまわぬかということだ。ここに「詩」ばかりでなく至上のユーモアが生まれる。「全能の神様をたたえるには、神様といっしょに笑ってあげるのがいちばんいいんじゃないかしら、神様の冗談、それもあまりうまくない冗談を。」

『芝居〔*Play*〕』（一九六三年執筆）になると、ウィニーに許されていた僅かな身振りや表情も奪われ、三人の人物が壺から出した首は「壺の一部」と見えなければならぬと指定される。名前も奪われて、男1、女1、女2。「単調な」無機的な声で断続的に、互いに無関係にしかも絡みあいながら展開され、ダ・カポの合図で初めからくり返される三人三様の独白は、この戯曲を前作以上に音楽的な構造にする——バッハの遁走曲《フーガ》、ただしウェーベルン編曲による。しかし奪われているのは、実は命そのものだ。彼らは死者、壺は骨壺なのだ。「精神〈意識〉は消え去ることはない」（ウィニー）というベケット的霊魂不滅説によれば、「死んだだけじゃ足りない」「生きたことをしゃべらなければ」（ディディとゴゴ）。そこでめいめいの孤独なおしゃべりから、三人の生の欺瞞と「失敗」が無残にも明らかになる。死んだら暗闇の中で安らかになれると思っていたのに、成仏できずにいるこれらの亡者に、しゃべることを強制するのはスポットライトだ。作者が「審問官」的効果を要求しているこのスポットライトに「ほんとうのこと」を語るまでは――「言葉が私を言うまでは」（『名づけえぬもの』）――彼らを成仏させるべき「それ」（終り）はやってこない。茶番劇は死後にも果てることがない。次の楽屋落ちの台詞こそ、ベケット的演劇的世界観《テアトルム・ムンディ》の最も切りつめられた表現だ――「今となれば、おれにもわかってる、あれはみんな、ほんの……芝居だったってことが。で、今のこれは、一体どうなんだ？　いつになったら、これがみんな――」。

　言葉から行為を剝奪することの逆も、飽くなき探求者ベケットが試みないわけはない。実際、すでに一九五六年と五九年に彼は二つのパントマイム台本『言葉なき行為』を書いていた。一つでは、舞台裏の見えぬある力（小説における「彼ら」）によって舞台（人生という）に突き出された男が、呼笛の命令で行動する。手を伸ばすと天井へ上がってしまう水差し。同じことの滑稽なくり返し。ついに手をみつめて坐り込む、そのシーシュポスならぬベラックワのごとき姿勢。もう一つでは、前に触れたように、突き棒の刺戟で、AとBが袋から這い出て陳腐な日常生活の行為をマイムし、袋へ戻る。また尽き棒がつつく。作者が全体の進行を規定している初等幾何学的な厳密さは、パントマイム役者に身をやつしたワットを思わせる。

一九六五年作の『行ったり来たり〔*Come and Go*〕』は、言葉も行為もあるけれど、上演時間数分の「ドラマティキュール」に縮少する。チェーホフのパロディであるかのようにベンチに坐った三人の姉妹あるいは女友達。「つば広の帽子」にかくされた無表情な顔と声（能面の効果）、単純な順列組合わせのような登場《カム》と退場《ゴウ》と台詞。しかし西欧演劇としては例を見ぬこの極端な抽象化と様式化の背後に、かえって彼女たちの人生の手ごたえが生臭く匂ってくる。一人がいない間に二人が交わすひそひそ話、三人揃ったときの何食わぬ台詞、そして孤独と欺瞞のうちにも手を握りあう因縁。そう言えば「行ったり来たり《カム・アンド・ゴウ》」とは人生の営みを要約するイメージとして『ベラックワ奇談』以来くり返されてきたベケットの基本語句の一つである。

そして最後にくるのが例の『息〔*Breath*〕』（一九六九年）だ。うす暗い舞台に「人間の裸体を含めていろいろなガラクタが散乱している」。五秒の沈黙ののち、短い叫び声（「産声の録音」）、ただちに息を吸う音が聞こえるとともに、ライトが明るくなり始め一〇秒で頂点に達する。五秒の沈黙ののち、今度は息を吐く音とともにライトは一〇秒かかってもとの微光に戻る。とたんに同じ産声。五秒の沈黙。幕。言葉と行為だけでなく、ついに人間（物体《オブジェ》として以外の）まで欠如したこの上演時間三五秒の戯曲（?）において、ベケットの舞台劇は来るところまで来た。道化芝居としての人生は産声と産声（これは断末魔の叫びでもあろう）にはさまれた吸気と呼気に還元され、道化としての人間は舞台から消えた。

ラジオ・ドラマの系譜に目を転じよう。自分の作品は、結局音の問題でしかない。と語ったベケットにとって、声を身振りから完全に分離するラジオという媒体は思えばお誂え向きだったわけで、一九五七年彼に放送劇を「示唆」（彼は「委嘱」されて物を書いたことはないという）したBBCは、知らずして彼の創作本能に新しいはけ口を啓示したのだった。そこで生まれたラジオ用の第一作『すべて倒れんとする音〔*All That Fall*〕』は、媒体の特徴を積極的に活用して、ルノー流に言えば「ラジオの勘」を遺憾なく立証している。冒頭から聴覚空間を満たす羊、鳥、牛、鶏、そのほか馬車、自動車、汽車などの現実的な物音の音響効果。そしてアイルランドの小村の人々の写実的な日常会話。ベケット固有の沈黙と孤独の対蹠点と思われるくらいに豊饒なこの音の饗宴——それに身をゆだねる贅沢を、彼は一度だけ自分に許したかのようだ。しかし一貫する否定的底音を聞き逃してはならない。シューベルトの『死と乙女』から始まって鶏や子供の死。自転車の小道具や糞尿学的イメージとともに、孤独、老朽、病気、不妊、不能など、おなじみの動機群。題名が示すとおり「すべて」が「倒れ」「落ち」ようとしている世界（しかもそれを「支え」てくれる『詩篇』のエホバはここにはいない）。とりわけ注目すべきは、「羊の言葉はアルカディアの昔から変わっていない」のに人間の言葉は「グリムの法則によって」変わったり「私たちの懐しいゲーリック語のように」死語になったりする、とルーニー夫妻が語り合うことだ。彼らもまた彼らなりに「死語《デッド・ランゲッジ》と格闘し」つつ「言葉《ランゲッジ》がやがて死ぬ《ビー・デッド》」ことを待ち望んでいるベケット的人物なのだ。ただしここではベケット的「言語人間」は（しゃべるというよりは）聞かれることによってのみ存在する。これはラジオの本質にまことによくかなっている。聴取者に聞こえないものは存在しないのと等しいからだ。媒体の性格を論理的帰結にまで突きつめた楽屋（？）落ちとベケット的存在論との、こうした不可分の一体化は、ルーニー夫人の台詞に明らかだ——（知らん顔で通り過ぎた知人に向かって）「私って透明人間《インヴィジブル》なんですかえ？」または「私が黙ってるからって、私がここにちゃんといて万事見てるんだってこと、忘れないでもらいますよ」。

ルーニー夫妻は『詩篇』のエホバへの讃辞を聞いたとき、「げらげら笑い出す」ことができたけれど、翌年の『残り火〔*Embers*〕』のヘンリーとなると、哄笑《こうしょう》も微笑もろくにできない。作品の空間も、賑やかな外界の現実音を消去されて、ヘンリー自身の声と海の音だけが聞こえてくる孤独で抽象的な空間——はっきり言えば、ヘンリーの内面世界——に収縮する。その他の声や音はすべて彼が意識の中に喚び起こすものにすぎない。海辺で瞑想(あるいは独白)する彼がしていることの一つは、自分の「ろくでなし」の人生を反芻することだ。父との失敗(重要なベケット的動機)、娘および妻との失敗。亡妻エイダは呼びかけに応じて親身に対話をしてくれるが、やがて遠ざかる。「口をきいてくれなくてもいい。聞いてくれればいい。いや、ただいっしょにいてくれるだけでいいんだ」という彼の訴えは、ラジオの音響効果が中絶したみたいに、もはや何の反応もひき起こさない。さっきまで彼が「蹄《ひずめ》の音!」と叫ぶとその通り聞こえてきた音も、もう駄目だ。「残り火」のごとき自分の現在の生をかき立てるためにヘンリーがやっているもう一つのことは、ボウルトン老人の物語を作って自分に聞かせること。これも最後にボウルトンの癒しがたい孤独が(マックマンとマロウンの場合と同じく)自分のそれと重なってきて、どうにもならない。エイダの予言どおり「この世界に自分の声のほかは何の声も聞こえなくなる」状態に取り残されたヘンリー。ベケットが創った最も深く哀切な荒涼と寂寥のヴィジョンの一つがここにあるが、この創造はラジオの聴覚的世界においてこそ可能だった。ここでは道化の笑いの余裕があろうはずもない——ただ二ヵ所、娘にまで審しがられる便所の中のヘンリーの呟きと、エイダに「まあヘンリーったら！」と言わせる彼の作り笑いを除いて。

三年後のラジオのための作品『言葉と音楽〔*Words and Music*〕』（一九六二年）は『残り火』を保守的と思わせるほどに徹底した実験性を見せる。ひきずる足音にベケット的主人公の片鱗をうかがわせる悩める老暴君クロウクは従僕の「言葉」と「音楽」に命じて、合奏させる。いわば音楽と文学の統一、つまりワーグナー的楽劇の極端な縮少版であり、クロウはその演出家だ。舞台はもちろん彼の意識の内部。主題は「愛」と「老年」と「顔」、つまり不能の老年によみがえって生の「失敗」を思い知らせる愛の思い出――主題そのものはすでにおなじみだ。が、人間が自分から分離された「言葉」と「音楽」に聞き入るという、これほどに人間を崩壊分裂させた手法は舞台劇では試みえなかっただろう。「音楽」が情緒を表わしてまじめなのに反して、「言葉」の方は失語症的にトチッたり、ラッキー式にしゃべりまくったりする上にクロウクに対してリア王の道化のごとく振舞う――これは、ぼくたちとして見逃せないことだ。『カスカンド〔*Cascando*〕』（一九六三年）も「開く人」と「声」と「音楽」の分離において同工異曲だが、「開く人」がマロウンに匹敵する明確さをもって作家として示されている点が重要な差である。彼が意識の扉を「開く」と、「声」が「音楽」に合わせて、また別々に、物語を語り出す。断末魔の息のような「声」の断続性にもかかわらず、主人公の名前のM（モニュ、英語版ではウォーバーンのW）、「古外套」「帽子」など、放浪と転倒《カスカンド》（転落）の親しい物語をぼくたちは認めずにはいられない。ボートで沖へ漂い出る結末は短編「終り」や『マロウンは死ぬ』の結末と酷似している。「それはやつの声だ……やつの頭の中のことだ……それはやつの人生じゃない、それで生きてはいない」と「ひと」に言われながら、「わたしはそれで生きてきた……この年まで」と呟く「開く人」、「彼を言う《モニュ》」ことができるまで必死に「本物の物語」を追いつづける「声」――ここにおそらくベケットの（またはベッケト的作家の）最も真率な告白を読み取ってかまわないだろう。

ベケットのヴィジョンは自らを体現すべきさらに新しい媒体を求めて、映画とテレビに彼を赴かせる。彼の書く映画シナリオが『映画《フィルム》』（一九六四年）と題されること、そして声・言葉・音響から映像を分離したサイレント映画であることを、ぼくたちはもはや必然的な成行きと納得するはずである。「時」が無声映画全盛期の「一九二九年ごろ」と指定され、映画化に当って当時の名優だった「笑わぬ道化師《デッドパン》」、今は老い果てたバスター・キートンが主役にかつぎ出されたことも、ベケット的「一貫性《インテグリティ》」の証拠だ。ここでは、映写カメラに捉えられないものは存在しないという映画の論理に即して、「存在するとは知覚されること《エッセ・エスト・ペルキピ》だ」というバークレー的存在論が支配する。「満足げに知覚《ペルキピレ》しかつ知覚《ペルキピ》されつつ」街を往く市民たちの中で、孤独な主人公自身O(object)だけが何かに追われて逃げていく。何かとは映写カメラそのもの、そしてカメラとは実は主人公自身の目(E=eye)だ。ついにEがOを正面から捉え、OがEに知覚されたとき、つまり主人公の存在が、また自己認識が、成立したとき、Oは絶望的に目を見開き、次に頭を両手で覆って、映画は終わる。キートンの老いさらばえた眼瞼と瞳は凄まじくカメラを(つまり観客を)見つめて、観客をベケット的地獄へ引きこもうとする。ただし「映画の雰囲気は喜劇的、Oの歩き方は笑いを誘わなければならぬ」と指定され、ぼくたちは「帽子」「外套」「鸚鵡《おうむ》」「ゆり椅子《ロッキング・チェア》」「アルバム」といった七つ道具をそなえた親愛なる道化に再会する。(ついでに、Oが破り捨てる自分の写真の一枚は、本書一二ページの幼いベケットの写真と同じである。私小説家ベケット!)

テレビ・ドラマ『ねえジョウ〔*Eh Joe*〕』(一九六六年)では、声と映像が引き裂かれる。またしても脳髄の内部とも見える室内、厳密な指定によってクロース・アップされていくジョウの顔、聞こえてくる女の声に耳をすます無言の彼。この声はもちろん『ゴドーを待ちながら』の「死んだ声」から『カスカンド』の「頭の中の声」にいたる(「あるいは『名づけえぬもの』以来の）声と同じものだ。ただ、「声」に命じていたラジオ・ドラマに対し、ここでは主導権が完全に「声」（自分の分身でさえない他者の声）に明け渡されている点で、ベケット的「声」が行きついた極地をここに認めることができる。しゃべらずにいられなかったこれまでの人物とは逆に、だんだんかすかになっていく頭の中の「声」――今それは一人の女の海辺での自殺の話を語り聞かせている――に必死に聞き耳を立てずにはいられないのが彼の呪いだ。死ねば呪いから解放されるであろうか。いいえ、きっと「聞きとれない」囁き声がいつまでもつづくでしょう、と「声」は言う。そして聖書をいかにもベケット的にもじって、「汝、愚かなる者（Fool）よ」とか「汝は泥（Mud）なれば」などと彼をなぶる。声の方が映像よりもわずかに消え遅れるという結末は、テレビの機能の心にくいほどの把握であり応用である。ちなみに、このときベケットはジョウ（「五〇代終りごろ」）と同年輩であった。

最後に小説のジャンルに話を戻そう。『無のための断章』の七年後に英語で書き始められた作品は完成されず、その断片が『放棄された作品から〔*From an Abandoned Work*〕』（一九五七年）と題されて出版された。幼年時代のきれぎれの思い出を喚起したこの断片はフランス語の長編小説『ありようは……』（一九六一年）の中に吸収される。『名づけえぬもの』も含めて、今まで主人公の名前を冠されて成立していたベケットの長編小説の題名は、ここにいたってついに状況そのものを示す題名に取って代られた。名なしの主人公は、かつてのすべての主人公たちの状況の集約として、いま「生あたたかい原初的な泥と一寸先の見えぬ暗黒」の中を呟きながら這っている。それは死後の、たとえば『神曲・地獄篇』第七歌の状況でもある。まず第一部「ピムのまえ」では主人公＝語り手（ただし彼は「聞こえてくる声をそのまま口写しにしゃべっている」だけだと言う）は、「まぐろの罐詰と罐切りを入れた南京袋」（ウィニーの鞄、『言葉なき行為2』の袋を参照）を引きずりながら這っている現状を語る。ときおり「あそこの光の中での別の生」の断片的イメージが泥の中に浮かんでくるのを見ながら、彼は全き孤独の中にいる。第二部「ピムとともに」は、孤独を癒してくれるはずの友ピムとの出合い、およびピムが語る物語。だが彼との結びつきは加害者＝被害者の関係によってしか確認されない。第三部「ピムのあと」ではピムと別れた主人公がワットをしのぐ狂的な熱中をもって何百万という加害者＝被害者のカップルの順列組合せを空想し、それらをみそなわすバークレー＝ライプニッツ的な神を想定する。しかし原初的混沌を一見整然たる「自然の順序」に収めたこの三部構造の形式的完成は、最後に主人公自身によって、罐詰から神にいたる一切とともに否定され、なぎ倒される。「どこかおかしい」という繰返し《ルフラン》によって暗示されていた物語・虚構・言葉への不信がここに奔出したと言えよう。最後に残る「確かなもの」は「泥」と「暗闇」、およびそれらとほとんど区別しがたくなった主人公が泥に埋没して窒息死することも許されず、這いつづけること、そして「声が沈黙を破」らなくてすむ日は絶対に来ないこと……。

この作品は、主人公の崩壊において、また「しゃべってしかも何も語らぬ」という言語の崩壊において、前作よりもさらに下降している。全編句読点のない文章や、「ダ・カポ」記号のごとき結びの一句“comment c'est”(=commencer《はじめよ》)で冒頭の“comment c'était”に戻る循環形式において、師ジョイスの実験を上廻るばかりではない。ブルーム夫人の独白のキー・ワードたる“yes”が言語と生命循環へのジョイスの肯定的態度を暗示するとすれば、この作品の末尾を圧倒する“jamais”,“non”,“pas de”などの句はベケットの致命的否定性の証左だ。しかしまたしても、それと表裏の関係にある逆説的肯定性が最後の言葉を要求する。たとえば、出版当時の書評家たちを困惑させた句読点の欠如とシンタックスの極端な崩壊は、読者が呼吸を呑みこめば、決して難解ではない。むしろ読者はその過程で読むという行為の最も深い体験、すなわち自分を読むことの中へ導かれずにはすまないだろう。媒体の構造に密着することによって、舞台やラジオや映画やテレビの観客・聴取者たちを作者自身の主題にまきこみ、同時に彼ら自身に自己認識を迫る——というベケットの方法はここでも一貫している。作家の最も私的な自閉症的なゲームが、読者という他者をまきこむ公的なゲームとなる。ここにベケット的エンドゲームのルールがあるのだ。
このゲームの有機的一部である道化の笑いが、この作品ではグロテスクな極限性を帯びるのは当然であろう。一例として主人公がピムに教えこんだ意思伝達《コミュニケーション》の方式を英語で挙げておく——"table of basic stimuli one sing nails in armpit two speak blade of opener in arse three stop thump of fist on skull four louder handle of opener on kidney / five not so loud index in anus six bravo slap athwart arse seven bad same as three eight again same as one or two depending..."
『ありようは……』のあと今日までに五つの散文断片が発表されている。「たくさんだ〈'Assez'〉」、「想像力は死んだ　想像せよ〈'imagination morte imaginez'〉」、「ビーン〈'Bing'〉」、「円筒の中で〈'Dane le cylindre'〉」、「なし〈'Sans'〉」。いずれも一九六六年から六九年にかけて試行錯誤中の長編から遺棄された断片だという。さらに新しい形式によるさらにもう一つの長編、そんなものが可能だとは尋常には信じがたいところだが、"Nothing is impossible"(不可能なものはない=無は不可能である) というベケット的原則を知るものは臆断を控えるべきだろう。
確かなことは、これらの断片がさらに一歩「無」に近づいているということだ。たとえば「ビーン」において、シンタックスは『ありようは……』以上に欠如し、文章はいくつかの単語

(blanc, murs, corps など）の全く無意味な順列組合せのゲームに化したかと思われる。もちろん、無意味の岩盤から孤独・沈黙・呟きなどのベケット的意味が血のように滲み出るのが、見る人には見える。しかし、擬音語（bing〔英 ping〕は弦《げん》の震えのような音）にまで縮められた名前の主人公――いや bing は文中、小文字だから名前なのか本当に擬音語なのかさえわからぬ――のどこに、道化の面影が見出せようか。『息』におけると同様、ここに道化の消滅を確認しなければならないのだろうか。「ビーン」とは彼の消失の音でもあろうか。わずかにぼくたちに断言を憚らせるものがあるとすれば、これまた『息』における産声の効果と同様、「ビーン」という弦音に消え残る、いわくいいがたい一種のユーモラスな響きだけである。

われらの道化が今日たちいたった状態を一《ひと》言で要約するには、最近にして最後かもしれぬ断片‘Sans’の英訳題名ほど適当な単語はない。それはベケット自身以外の翻訳者には思いも及ばぬ訳語であり、日本語なら「ないないづくし」とでも訳すしかない造語である――いわく‘Lessness.’この言語遊戯にかすかに漂うおかしさの中にこそ、剥奪と無化を意志する仮借ない「まじめという野獣」に追いつめられた「内なる道化」の最後の表情がある。

道化の遺言

かくも広大無辺にわたる性格を有したる彼女〔痴愚神〕を一つの囲いの中に限定すること、またあらゆる階層の存在が等しく礼讃してやまぬ彼女を解剖すること、それらはともに甲斐なき業《わざ》でござる。

——エラスムス

愚かものよ、とわが詩神は私に言った、汝の心を覗け、そして書け。
Fool, said my Muse to me, look in thy heart and write.

——フィリップ・シドニー

道化とは、たとえユングやバシュラールが触れていなくとも、歴史を越えて人類の想像力に内在する原型的《アーキタイプ》イメージの一つであり、それゆえに合理的分析を拒否する象徴《シンボル》である。彼はつねに多義的《アンビギュアス》・矛盾的《アンビヴァレント》である。そもそも「道化」の原名'Fool'にしてからが（1）愚者・間抜け、(2) 白痴、(3) 狂人、という三様の互いに似て非なる意味を含んでいることは辞書を引くまでもない。とすれば、そのような「生まれつき《ナチュラル》のフール」から分化した「作られた《アーティフィシャル》フール」すなわちいわゆる「道化」がさらに複雑微妙な多義性をもつのは当然であろう。しかしまさにそれゆえにこそ彼は不死身である。おそらくディオニュソスの男根崇拝的祭儀に由来するギリシア古代喜劇のサテュロスあたりから始まって、サーカス・クラウン（ピエロ）やハリウッドの喜劇俳優《コメディアン》にいたる道化の長い伝統は、人間社会に及ぼす彼の魅力の深さ、あるいは人間社会が彼を必要とする度合いの大きさを証明している。

　ベケットの道化がどのようにこの伝統に棹さしているかを詳しく論ずるには、別の稿を要するだろう。しかし気ままに列挙するだけでも、たとえば彼の帽子・外套・ズボン・ドタ靴といった服装、杖や鳥（鶏・鸚鵡）といった付属品、精神的のみならず肉体的な障害や疾病などは、まぎれもない共通の遺伝因子の現われである。作品から作品へと、名前こそ変われ、共通の内的・外的な特徴を保持して現われつづけるベケットの主人公は、サイレントから初期トーキー時代にかけての名コメディアンが映画から映画へと、役名は変わっても同じ特徴をくり返すのと同じである。チャップリンはいつも同じ山高帽その他のいでたち、キートンはいつもカンカン帽に笑わぬ表情《デッドパン》、ベン・ターピンはいつも同じ恐慌《パニック》に陥り、W・C・フィールズはいつも同じ失敗をくり返す。「本質は変わらない」のである。あるいは、中世道徳劇の道化＝悪魔は観客に摑みかかって、「地獄の入口」に拉《らっ》し去ろうとし、今日のサーカスの道化はやはり観客の誰かを席から連れ去ろうと脅かすのを十八番としている。ベケットの道化が観客を笑わせつつ脅かし、彼（道化自身かつ観客自身）の「地獄」へ誘いこもうとする方法も、識別しがたいほど精妙ではあっても、根本においてはこれと相通ずるものではないか。

ベケットは道化の伝統に独自の変奏を与えることによって、新しい不滅の道化の像を現代文学の中心に創造した作家である。その彼が自分の手でその道化を終末にまで追いつめなくてはならなかったとは、痛ましい限りだと言うほかない。

しかしヨーロッパの歴史をふり返れば、実はベケット以前に、すでに道化は終末に瀕していたのではなかったか。

道化の黄金時代はエラスムス、セルヴァンテス、シェイクスピアの三巨人によって代表される。ルネッサンスの偉大はまた道化の偉大でもあった。そして双方とも、その時代が中世と近代の境い目に位置していたという事実に、その偉大さを負うていた。こと道化・愚者・白痴・狂人に関しても、それは中世的綜合の幸福が崩れ近代的分離の不幸が始まらんとして、しかもそのいずれにもなりきっていない稀な歴史的瞬間であった。中世では思想的にも狂気は秩序を脅かす過度の不吉さを与えられていなかったし、社会的にも狂人や白痴は一種の「祝福された存在」（'silly'には'foolish'以前に'blessed'【独'selig'】の意があった）として社会内部に必要な居を占め、「愚者（狂人）の祭り《フィースト・オヴ・フールズ》」（Fête de la folie）は周期的に祝われ、宮廷では道化がはしゃいでいた。ロンドン市内のベツレヘムの聖マリア精神病院（通称ベドラム）の患者《ベドラマイト》たちと楽しみつつ交わることは市民たちの年中行事の重要な一項目だった。ところが一七世紀になると、フーコーがフランスを例にして示したように、近代的精神病院が設立され、狂人は社会の外に強制隔離され、人々は狂人の存在とその意味に目をつぶろうと努めるようになる。E・K・チェインバーズが詳説したように、実は一五世紀以来執拗につづけられてきた「愚者の祭り」抑圧の努力はこの頃完全に成果をあげ、町にも宮廷にも、愚者や道化は影をひそめる。

この二つの時代の接点にこそ、「痴愚神」やドン・キホーテやシェイクスピアの数々の名道化（ハムレットもその一人だ）が創造される土壌があった。作者にとっても読者・観客にとっても、道化の姿《フィガー》は生きた想像力の一部だった。神の前の人間一般《エヴリマン》としての愚者、人生という喜劇の役者としての人間――このような演劇的世界観《テアトルム・ムンディ》においては劇場と人生（「この愚者〔道化〕たちの偉大な舞台」――『リア王』）とは隔絶していなかった。シェイクスピアの地球座《グローブ》の入口には「世はあげて役者を演ず《トートウス・ムンドウス・アギト・ヒストリオーネム》」と刻まれてあった。このとき道化・愚者・狂人は我から隔離さるべき他人ではなく、彼であり我であった。エリザベス朝文学におけるベドラムおよびベドラマイトへの言及の多さは、少なくとも狂気が意識と想像力の外に締め出されていなかったことを示している「愚者を見たければ私は鏡を見る」と言ったセネカに倣って、エラスムスは『痴愚神礼讃〔*Encomium Moriae*〕』を、自分をそこに見出す鏡と呼んでいる。『ドン・キホーテ』におけるセルヴァンテスも同じことを言ったであろう。道化は人々に「からかわれる」が、また逆に人々を「からかう＝道化にする」(make a fool of) 特権を認められていた。彼であって我、愚かつ賢、狂かつ聖、滑稽かつ深刻、無意味かつ意味深長、といった多義的・交換可能的な弁証法（『リア王』の道化の言う「ハンディ・ダンディ」）こそは、人々を当惑させ衝撃し魅惑しつつ、深い自己意識へと誘いこむ道化の戦法であった。ホルバイン（Holbein）の画は、道化の帽子を脱いでいるつもりの、つまりまっとうな（スクェアな）つもりの男が、鏡の中に道化を見出したときの、そうした当惑と衝撃と自己認識の崩芽の一瞬を捉えたものであろう。

道化の戦法、または生き方がこのような精妙さを獲得するには、なかば無意識的だった中世的綜合が崩れて、意識化される必要があった。しかしこの意識化・自覚化が進めば、道化そのものの存在が危なくなる。なぜなら完全な意識化とは彼の「ハンディ・ダンディ」の論法を抹殺するからだ。この危険な均衡を最もよく体現しているのがハムレットにほかならぬ。彼の懐疑はデカルトのそれに較べればまことに豊かに演劇的だ。しかしエラスムスと較べるならば、彼を蝕む自己破壊的な自意識の毒はオランダのヒューマニストののびやかさを失っていることを認めぬわけにはいかぬ。やがて『リア王』とともに道化はシェイクスピアの世界から姿を消す。黄金時代はすでに終末の始まりであった。言ってみれば、シェイクスピアは道化の発生から終末までの歴史を一個の生涯の中でくり返してみせたのだ。

一七世紀以後、道化はヨーロッパ人の少なくとも公的な想像力からは消滅する。（ロマン派は狂気を復活させたが、道化の十分な復活をもたらしはしなかった。）道化の衰退は近代合理主義文明の発達と正確に逆比例する。そしてこの文脈で考えれば、ベケットは道化の伝統に直結するというより、サーカス・寄席・映画という大衆芸能の中に地下水のごとく身を隠していた伝統を公的に復権し、死にかかっていた道化を現代人の深刻な想像力の中に復活させたのだ。その彼がその道化をやがてみずから消滅させたとすれば、これまた個体発生の中に系統発生をくり返した痛ましくも奇しき実例として、シェイクスピアの場合に比すべきものと言わなければならないだろう。

しかしベケットが近代合理主義的人間像の安易なアンティテーゼとして道化を登場させたと断定するのは、厳密ではない。彼の道化がチャップリンたちと異なるのは、近代ヨーロッパ人《ホモ・エウロペウス》そのものが道化へと転落していく姿を身をもって示している点にある。ここで重大な意味をもって現われるのが近代ヨーロッパ人の代表としてのデカルトである。『ホロスコープ』について、ぼくは、ベケット的道化の誕生のとき天空にデカルトという星が強く瞬いていたにちがいない、と星占いをしたが、思えばその後のベケットの作品はデカルト的人間の崩壊《カスカンド》の軌跡を辿ったものにほかならないのではないか。『ホロスコープ』における‘Perron’の地口（「階段《ペロン》」を登りつめた「ペロンの貴族」）を思い合わせるならば、主人公が「階段」から突き落とされるという短編「追い出された男」の冒頭に象徴的な意味を読み取らないことはむずかしい。デカルトが登りつめた「階段」から突き落とされたとき、主人公の放浪は始まったのだ。ベラックワにおいてすでに顕著だった精神と肉体とのデカルト的乖離《かいり》は、自転車にまたがったモロイにおいて決定的な像を結ぶ。ヒュー・ケナーはいみじくもこれを「デカルト的半人半馬《ケンタウロス》」と呼んだが、半馬＝自転車はこのとき単に肉体だけを指すにとどまらず、おそらくデカルトが礎を敷いた近代の学問・科学・物質文明のすべてを代表するとみなしていいのではないか。そしてこの自転車＝肉体＝文明が朽ちて不能になっていく一方、モロイの半人＝精神は、デカルトを戯画化したごとき白痴めいた「明晰な観念」を求め、そのことによっておよそ考えることまたは知ることの不可能性を暴いていく。認識の可能性への信頼の崩壊、または認識の不可能性の体験が茶番劇的笑いを生み出すところにベケットの特徴があることは、ぼくたちの見たとおりだ。認識が不可能なら、まして認識の結果たる「知識」の集積の可能性、つまり「進歩」の観念とはお笑いにすぎない。モロイは「啓蒙《エンライトンメント》」という言葉に苦笑し、「私の頭はかつては有用な知識の貯蔵庫だった」と自嘲する。

デカルトが『省察〔*Méditations*〕』の始めで自分の理性的思考の原理から狂気の問題をしめ出したことについて、フーコーはこう分析する、「〔理性的思考の〕内側にしかも始めから狂気という地雷が仕掛けられているのかもしれないという事実はデカルトが〔中略〕直視してもすぐに拒絶するような何物かであった」。ベラックワからマロウンにいたる精神病院との深い因縁は、いわばデカルトが近代の出発にあたって否定し黙殺したものを再び発見し、身をもって辿り返そうとするベケットの意志を意味するかのようだ。ベケットは『マーフィー』を書く前にロンドン郊外の精神病院を訪ねて深い感銘を受け、それが作中の精神病院《メアリ・マグダリン・マーシーシート》と化したのだが、その名前がかのベドラムの原名に似たベツレヘム・ロイヤル・ホスピタルだったという事実は何か意味ありげな偶然に思えてならない。

「美しい水《ベラックワ》」という名の青年が泥酔して地面を這い「泥沼《ボッグ》」嬢と結婚するところから始まったべカルト（*sic*）的人間の転落は、森を這う足萎えの老人モロイ、「われしゃべる、故にわれ在り」という「名づけえぬもの」をへて、始源論的＝終末論的な泥の中を爬虫類のように、または死ねないグレゴール・ザムザといった恰好で、永遠に這いつづける主人公にいたる。だがこれをベケットによるデカルトへの諷刺・外在的批判と思ってはならない。贖罪羊としてのデカルトは彼であり我である。もし合理主義者としての通俗的デカルト像を捨てるなら、人は、たとえば「世界を変えるより自分を変える」とか「よく隠れた者こそよく生きた者である」といったデカルトのモットーがそのままベケットのものでありうることに驚くはずだ。むしろ、ベケットはデカルトが自ら意識しなかった彼の深部へ降りてゆき、そこにデカルトの分身《ドゥブル》（あるいは亡霊）ともいうべき狂人＝白痴＝道化の影を読みとったと称すべきではあるまいか。そしてそれはやがてベケット自身の分身でもあったということになるのではないか。『ホロスコープ』はそのことの透徹した予言であったと思われる。

いずれにせよ、ベケットの全作品はデカルト的近代ヨーロッパ人の知的倨傲と合理的自我のアイデンティティへの確信を自らにおいてとことんまで剝奪し、バタイユの言う「無—知《ノン・サヴォワール》」に到達しようとする凄まじい苦業にほかならない。"Je ne sais pas"（I don't know）を最大の口癖とし、無所有《ノン・アヴォワール》、無—意志《ノン・ヴーロワール》、無—為《ノン・アジール》のアタラクシアの境地をめざす（ただし完全な到達は許されぬ）モロイたちをヨブの再来、キリストの「心貧しき者」、あるいはわが中世の「捨聖《すてひじり》」と呼んでもいいのかもしれぬ。ぼくはたまたまその苦業における彼らの特徴に注目して、「道化」と名づけたまでだ。そしてその苦業ゆえに生まれた道化が、苦業の厳しさゆえに終末に近づいていく道程を、恐れと悲しみをもって見つめたまでだ。

しかし道化の終末について語ったものは、さらに終末の道化について語らなければおさまらぬらしい。月の二八相に托して、人間の心的原型と性格類型と世界史の興亡の壮大な円環を夢みたのはイェイツだが、彼によれば、一つの大サイクルの終り近い第二六相に現われるのは「せむし」、第二七相に現われるのは「聖者」、そして最後の第二八相に現われるのは「道化《フール》（愚者）」だという。いま、イェイツの視た幻《ヴィジョン》を勝手に流用させてもらうならば、ベケットの主人公はまさしく終末的時代に顕現したせむし＝聖者＝道化と見えてくる。

ベケットの道化はまず自分自身の個体としての終末、すなわち死との緊張した遊戯の中に存在を現わす。マロウン、ハム、ウィニーの演ずる終盤戦《エンドゲーム》に、それはことさら鮮かだ。それはまた、ベケットと主人公との間の根深い臍の緒を思えば、処女作「被昇天」以来演じつづけられてきた作者自身の終盤戦と言っても同じだ。そればかりではない。すでに見たように、ベケットの道化は道化の伝統の終末に現われた道化であり、ホモ・ルーデンスという人間観とテアトルム・ムンディという世界観の終末に現われた切羽つまったホモ・ルーデンスである。裏返して言えば、近代的・合理的ホモ・エウロペウス・カルテジアヌスの終末を身をもって告知すべく現われた道化である。なかんずく、近代ヨーロッパ文化を支えてきた言語《パロール》の欺瞞的分節性、「正しき言説《オラティオ・レクタ》」の整合性と有用性、外在的リアリティへの隷属性などは、ベケットの道化たち(とくにワット、ラッキー、「名づけえぬもの」、『ありようは……』の主人公)によって完膚なきまでに暴かれ、終末へと大幅に収斂せしめられた。ということは、書くこと、しゃべること、読むこと、聞くことの虚構性を徹底的に明らかにすることによって、ベケットの道化はヨーロッパ文学史を一つのサイクルの終末へと促したということであり、彼は自らが促進したその終末に現われた道化だということである。

　しかしベケットにおける終末は、窮極的には世界そのものの終末である。世界の四隅から天使が吹き鳴らすラッパの代りに、ここでは目ざまし時計が鳴るだけだとしても、それによって目ざめさせられるハムやウィニーはまさしく黙示録的な世界にいるのだ。『芝居』の人物を裁いているスポットライトは最後の審判のキリストかもしれぬ。この終末論的な状況で笑うのが、彼らの道化としての役割である。「神様のあまりうまくない冗談」を「神様といっしょに笑ってあげる」のが「全能の神様をたたえる」にはいちばんいいじゃないかしら、というウィニーの台詞はこの意味でベケット的道化の最上のギャグの一つである。ニーチェの「悲劇的な自然が没落・崩壊していくのを見て、しかもそれを笑うことができる、これこそ神々に等しいものだ」という悲壮な大見得と響き合いながら、それははるかにしなやかで澄明な微笑にみちている。ともあれ笑いこそ道化が終末を生き延びる知恵である、ちょうど『リア王』の終末論的世界において国王を呑みこんだあの「悲劇的自然の崩壊」を道化が生き延びたように。いや、そもそも中世の民俗的道化は「魔《イーヴル・アイ》よけ」の効能をもち、宮廷の道化は主君の鞭打を生き延び、サーカスの道化はいくら転んだり失敗したり頭を殴られたりしても不死身なのだ。

　このときベルクソンやマルセル・パニョールの笑いの定義がもはや通用しないのは明白であろう。むしろ、あらゆる定義の挫折そのものを本質的な事態として受けとめ、「不可知なるものが笑わせる」と定義したバタイユの方が、ベケットの笑いの核心にずっと近づいていると言うべきかもしれない。終末に無限に収斂しながら完全に消滅することなく、挫折と失敗をくり返し、「不可知なるもの」、「名づけえぬもの」に笑われつづけ、またそれを笑いつづける——これがベケット的道化の宿命なのだから。

リア王の道化を「霊感を受けた道化《インスパイアド・フール》」と呼んだのはコールリッジ（S. T. Colridge）だった。ドン・キホーテに最高の讃辞を捧げたのはドストエフスキーであり、彼自身は至上の白痴ムイシュキンを創った。これらの「霊感を受けた道化」の系譜の最後を飾るのがベケットの主人公だとすれば、その先頭に立つのは——おそらくキリストである（道化とキリストを同じ筆触で描いたルオーの絵が有力な傍証となるだろう）。そして、信じがたく思われるであろうが、始めと終りは密接に照応するのだ、まるで始めに終りがあり、終りに始めがあるかのように。

ここでぼくは、触れずにすますつもりだった問題についに触れてしまい、もう終わるに終われなくなってしまった自分を見出す。だがベケットとキリストという問題以上に重大なものはぼくにとって存在しなかったのではなかったか。「おれは一生のあいだ自分をキリストになぞられてきたんだ」と言うゴゴを代表として、ベケットの主人公たちにはほとんど例外なくキリストとの自己同一視《アイデンティフィケイション》が認められる。ホルバインの画のように、彼らは鏡を見ると、そこにキリストを見出すのだ。いや、彼らは逆に不届きにもこう言うかもしれない——赤子の「無—知」、マリアの「無—為」を嘉《よみ》した逆説の達人、さまざまな物語《パラブル》を語った言葉の人《ホモ・ロゴス》、まっとうな連中から愚者よ狂人よと笑われた放浪者、アウトサイダーでありながら人間社会の罪を一身に背負った贖罪羊《ファルマコス》などとしてのキリストが、もし鏡を見たら、そこにおれたちを見出すだろう、と。彼らこそはパウロの言う「キリストにおける愚者」なのかもしれない。彼らにとってキリストは彼であり我なのである。そしてベケットにとって彼ら作中人物は彼であり我である。さらに、中世人にとって道化・狂人が彼であり我であったように、ぼくたち読者にとってベケットの道化・狂人は彼であり我である……。

『名づけえぬもの』という題名の最も深い曖昧性《アンビキュイティ》が浮かびあがるのはこのときである。主人公に与えられたこの名前でない名前、この無名性。しかし「名づけえぬもの」とは、ブランショ（Maurice Blanchot）の「至高者〔Le Très-Haut〕」と同じく、「神」の呼称ではないか（ヘブライ語のＹＨＷＨ、いわゆる四文字語《テトラグラマトン》は名づけえぬ・発音すべからざる神の神の謂いであった）。ベケットの主人公は、はじめ外在的に言及していた「彼ら」や「暴君」をついに「神」として自分の内部に見出すのではないか——ちょうどモランがモロイを自分の中に見出し、ゴゴとディディの名前の内部にゴドーが隠れているように。そして「神」は「言葉」であり「言葉」は「神」であるならば、「天地は過ぎん、されどわが言葉は過ぎざるべし」（マタイ伝二四章三五節）という神の終末論的予言は、そのまま、いっさいの喪失ののちに言葉（声）だけとなって存在しつづけるベケットの主人公の口から発せられてもいいはずではないか。

もちろん、まっとうなキリスト教信仰をベケットに読みこむことはできない。むしろ逆に、キリストや神が我でもあるということは無限の冒瀆を可能にする。『ありようは……』の主人公は神のことを「やつもまた狂ってる」(fou lui aussi) と言い、『映画』の主人公はキリストの画を踏みにじる。「名づけえぬもの」とは同時にベケットに頻出する「口にすべからざる」糞尿学的卑語の類をも指しうる言葉だ。モロイが神だとすれば、全能の神の死んだあとの、超人《スーパーマン》ならぬ不能ないし低能の非人《サブマン》としての神にほかならぬ。おそらく、ベケットの作品にキリストのイメージが遍在するという事実は、どこを向いても出会ってしまうこの神＝人(「ホーム・オルガ」の「出しゃばり小羊」)へのベケットの激しい怨念のしるしにほかならないのかもしれぬのだ。

しかしそれにもかかわらず、というかそれゆえにこそ、ベケットの最も深い意味における宗教性、彼の道化の逆説的な聖性をぼくは疑うことができない。イェイツが「道化」に隣接する第二七相の「聖者」の典型としてソクラテスとパスカルを挙げているのは気まぐれではない。なぜなら「汝自身を知れ」という形而上的産婆術も、「神がすでに自分の中にいないなら神を求めないだろう」という信仰の背理も、ともに、最も深い自己認識――既成の自我が滅却され、彼であり我である神が自らのうちに見出されるほどの自己認識――を措いて聖なるものの顕現はありえないことを説いているのだから。ベケットの道化はそのような深さにまで到達している。彼が見出した神がどんなに恐しく名づけえぬ異形の神であるにせよ、神と自分との深い交換可能性を思えば、彼は神を否定することはできない、自分（窮極的な「われ在り《スム》」）を否定することができないように。ベケットにおける「私」としての作者《テラー》と「もう一人の私」としての作中人物《トールド》の果てしない堂々めぐり、「マタイにして天使」（『名づけえぬもの』）、「私は私の腕に抱かれている」（『無のための断章』）という関係は、ほとんど、父にして子、許しを与えるものにして許しを乞うものというキリスト教的三位一体の玄義に似てくる。いずれにせよ、「死刑囚にして死刑執行人」という自己認識に到達したボードレールが決して無神論者でありえなかったとすれば、同じ論理でベケットも安易な無神論やニヒリズムの対極に立つはずであろう。

　またボードレールと同様ベケットを分裂症や失語症の狂人として病理学的に分類し去ることもできない。もしベケットの道化が狂人だとすれば、それはぼくたちがそこに自分を見出すべきホルバインの鏡としてでなければならない。かく言うぼく自身はまだ、パウロの比喩を借りれば、その鏡の中に「おぼろ」にしか見るべきものを見ていないと告白しなければならない。「顔と顔を合わせ……わが知らるるごとくに知」ったとき、ぼくは『映画』のキートンのごとく顔を覆うかもしれない。しかし少なくとも、ベケットの道化によって誰かが神あるいはキリストに導かれたとしても、ぼくは決して怪しまないだろう。まさに死なんとするこの罰あたりな道化の遺言は、現代における逆説的な福音かもしれないのだから。

あとがき

われながら、恐ろしい作家にとり憑かれたものだと思う。生まれてきたことを恐ろしいと思わせるような作品でなければ嘘だ、という意味のことを言ったのは、たしかわが正宗白鳥だったが、「生まれたという罪」を呪いつづけるサミュエル・ベケットはまさしく白鳥のめがねにかなったであろう数少ない現代作家の一人だ。キリスト教的にいえば、聖パウロの言った三つの最高の徳——信仰と希望と愛——をこれほど徹底的に否定してやまぬ作家は、あまりいない。

それなら生きることをやめればいい——というのは、いかにもしあわせな、浅薄なあげ足とりである。おそらくここで、ベケット的芸術の極北を語った彼自身の言葉を（「表現する」を「生きる」に置きかえて）もじることが許されるであろう――「生きるべき〔なんの価値も〕なく、生きる手段もなく、生きる力もなく、生きる意志もない、ただ生きる義務があるだけだ」。

ぼくは「道化」に視点を定めて、ベケットの世界を見つめようとした。恐ろしさと滑稽さがいわくいいがたく一つに重なっている。そこにベケット文学の要諦があると信じたからだった。だが、いま顧みると、この視点によって多少とも彼の恐ろしさを悪魔祓いしようとする意図が、無意識に働いていていなかった、と言い切ることはできない気がする。

「なぜ表現する義務があるのか？」と反問されたベケットは、「わからない」と答えている。ベケット的世界を要約する唯一の言葉があるとすれば、この「ジュ・ヌ・セ・パ」という文句かもしれない。戦後のある日、パリの街を歩いていたベケットは突然、行きずりの男に胸を深く刺された。退院した彼は監獄に凶漢を訪ねて、一言「なぜわたしを刺したのか？」と聞いた。男の答えは「ジュ・ヌ・セ・パ」だった。

ぼくもこの底知れぬ世界を前にして、一言そう言えばよかったのではないか？　本書の終り近くになって、われにもあらず深みにはまりこみ、舌足らずの饒舌に陥りかけたのも、そのような致命的な疑念にいまさらのように襲われたためかもしれない。少なくとも、ノーベル賞受賞などという話題に触れる——紙数ばかりでなく——気持は、いつのまにか完全に失せていた。

肝心の「道化」そのものにしてからが、十分解明できたとは思えない。その言訳の代りに道化・笑い・狂気をめぐる思考を刺戟してくれた文章のいくつかを挙げておこう——ベルクソン(『笑い』)、E・K・チェンバーズ(E. K. Chambers, *The Medieval Stage*, Oxford, 1903)、ウェルズフォード(Enid Welsford, *The Fool: His Social and Literary History*, N.Y. and London, 1935)、ウィルフォード(William Willeford, *The Fool and His Sceptre: A Study in Clowns and Jesters and Their Audience*, London, 1969)、フーコー(Michel Foucault, *Histoire de la folie à l'âge classique*, Paris, 1961. ほかに対談「狂気・文学・社会」——『文芸』一九七〇年一二月号)、バタイユ(講演「無——知《ノン・サヴォワール》について」——『パイディア』八号、一九七〇年夏)、ビンスワンガー(『精神分裂病』みすず書房、一九五九・六一年)、種村季弘(『ナンセンス詩人の肖像』竹内書店、一九六九年)、山口昌男(「道化の民俗学」——『文学』一九六九年一月号〜八月号連載)、野島秀勝(『近代文学の虚実——ロマンス・悲劇・道化の死』南雲堂)など。

道化の伝統に対するベケットのいわば「負《マイナス》の道化」の関係については、改めて詳論の必要があろう。その他、全く触れずに終わったベケットの詩作品や十分な紙数を費しえなかった後期の作品についても、あるいはジョイスやカフカ、スウィフトやアイルランドとの関係についても、言語の問題についても……ぼくはこんごも「饒舌」をつづける「義務」を自分に対して感じている。

それに、ベケット自身がまだ完全な沈黙に到達したわけではない。初期のプレシオジテから彼の作品の系譜を辿り始めたぼくは、最近作 *Sans* の沈黙すれすれの文体にいたって、これを「最近にして最後かもしれない作品」と書いた。だが、ぼくの予言はすでに裏切られた。校正がすんだいま、ぼくの手元にはさらにもう一冊の散文テクスト *Le Dépeupleur*（一九七〇年）が届いたのだ。終盤戦《エンドゲーム》はまだまだ終わらないらしい。「遺言」はまだすっかり書きあがってはいないらしい。

入手困難だった処女短編「被昇天」の載った『トランシジョン』を丸谷才一氏が貸して下さった。また、長らく絶版で、最近再版が広告されているにもかかわらずいまだに入手できずにいる初期短編集『ベラックワ奇談』は、ケンブリッジ大学に留学中の畏友山内久明氏が初版のコピーを送って下さった。これらを読めなかったら、ぼくの執筆計画は大きく狂ったことだろう。両氏に厚く感謝したい。

一九七一年二月

高橋康也

ベケット追悼　ハムレットを待ちながら

高橋康也

サミュエル・ベケットの訃報が伝わる直前の去年（一九八九年）のクリスマス、ハロルド・ピンターは義理の息子たち（現夫人の連れ子）に訊かれたという。「パパにとって誰が英雄？」ピンターはただちにベケットの名を挙げた。「英雄」とは、この場合、「おのれの芸術が課する過酷なまでに厳しい要求にたじろがない作家」の意味であった、とピンターは語っている。

ピンターの念頭にあったのが劇作家ベケットだとすれば、かつて小説家ベケットに「巨匠」の讃辞を捧げた一人はジョン・バースだろう。二昔前、一九六七年に発表された有名なエッセイ「尽きの文学」（志村正雄訳『金曜日の本』所収）の中で、『酔いどれ草の仲買人』の著者は、プルースト、カフカ、ジョイスの後を受けた「現存の」二大小説家としてボルヘスとベケットを挙げ（三人目としてはナボコフ）、二人が揃って一九六一年度の国際出版社賞を受けたことを、「面白くもない文学賞の歴史の中でめでたき例外」と呼んでいる。

「尽きの文学」の「尽き（exhaustion）」とは、十年後にバースがエッセイ「補給（replenishment）の文学」で補説したところによれば、ジョイス、エリオット、パウンドたちの「モダニズム」文学の「プログラム」を効果的に「使い尽くす」ということを意味しているのであって、しばしば誤解されたように「文学」や「言語」そのものの可能性を「使い尽くす」ことを指しているのではない。言いかえれば、ボルヘスやベケットは「モダニズム」の最後の手本であると同時に、一九六九年にはまだ流布していなかった言葉である「ポストモダニズム」の最初の手本であったということになる（「模範的ポストモダニスト」はガルシア＝マルケスとカルヴィーノである）。バースたちの世代は、ボルヘスとベケットのそのような双面神的な特質によって、文学・物語・言語の「尽きる」ことのない可能性を教えられ、彼ら自身の文学（それを「ポストモダン」と名付けるか否かは別として）を模索する勇気を与えられた。バースの口吻には、そんな感謝の響きがある。

それからさらに十年たった今日の文学状況について、バースが何と言うのか知らない。またベケットにどんなラベルが貼られようと、驚くつもりはない。『ゴドーを待ちながら』で「不条理演劇」の旗手ともてはやされ、『モロイ』で「ヌーヴォー・ロマン」の中枢的作家に擬せられた一九五〇年代以来、「ミニマリズム」やら先述の「ポストモダニズム」やら、そのときどきの先端的流行の先駆者に仕立てられたことが、何度あったことか。そのような「イズム」の差のみならず、ベケットは小説と演劇、映画とラジオとテレビといったジャンルの区別を含めて、さまざまな境界を自在にくぐりぬけてきたのである。

むしろ驚くべきは、そのような「越境的」な作家が実は頑固さや禁欲を通りこして自閉的とも見える自己集中の作家でもあるということだ。ピンターの言った「おのれの芸術の課する過酷なまでに厳しい要求」へのベケットの忠誠ぶりは、文学史上類例がない。あるとすれば、彼の師であり対極でもあったジョイスであろう。ベケットはかつて『フィネガンズ・ウェイク』にいたるジョイスを「文学の中に可能なかぎり多くのものを取りこもうとした綜合家」と呼び、それに対し自分を「文学から可能なかぎり多くのものを排除しようとした分析家」と規定したことがある。

このような反時代的姿勢は、自明の理として、大衆的人気を呼ぶはずがない。しかしまた限りなく純粋培養に接近しつづけるかに見えるベケット的世界が、少数であれ（とはいえ『ゴドー』のグローヴ・プレス版は一九八五年までに一五〇万部売れ、『モロイ』その他のペーパーバック版は欧米で着実に版を重ね、ブロードウェイの中心部にはサミュエル・ベケット劇場という小屋があり、ある国際的統計によればベケットは「存命中に最も多くの研究書・論文の対象になった人物（作家ではない）」といわれる）、現代人の心を深く捉えていることも事実である。そしてベケットの選びとった極度の主題的・方法的狭さと貧しさが、反転して演劇や小説というジャンルに対して広やかで豊かな光を投げることも事実なのである。真に驚くべきはそのことかもしれない。

たとえば死という主題。あるいは生と死の境界を横断する方法。

どんな作家でも、生を描くかぎりにおいて、死にも触れないわけにはいかない。生という図は、死を地としてこそ成り立つからである。それにしても、生と死が、ベケットにおけるように、無限の接近、深い結合、微妙な相互嵌入《かんにゅう》、地と図の転換といった相を執拗に見せることは珍しいだろう。

『ゴドーを待ちながら』に、二人の浮浪者の交す抒情的な二重唱のような会話がある。「（私たちがしゃべるのは）あの死んだ声たちを（聞かないためだ）」「それは羽ばたきの音のようだ」「木の葉のそよぎ」「砂の音」……「やつらは自分の一生を話している」「生きたというだけじゃ満足できない」「生きたということをしゃべらなければ」「死んだだけじゃ足りない」「ああ足りない」

ここには奇妙な悪循環がある。おしゃべりをやめれば、私たちの耳には大気にみなぎる死者たちの声が聞こえてくるばずだ。だがその声は自分の生きていたときのことをしゃべっている。とすれば、私たちも、死んだあとで、いま生きているときのことをしゃべりつづけることになるはずである。

この事態をもろに芝居に仕立てたのが『芝居』という芝居である。暗い舞台には三つの骨壺が並び、そこから女の首が二つ、男の首が一つ出ている。舞台手前中央に据えられたフットライトが一つの首を捉えると、その首はしゃべり出す。ライトが切りかわると、新しく照らされた首がしゃべり始める。ライトが気まぐれに、あるいは残酷に、切りかわりつづけるうちに、三人の男女の生きていたときの三角関係が不完全な輪郭ながら浮び上っていく。一人が苦しそうに叫ぶ。「こういったことすべて、いつになったら、ほんの芝居だったってことになるの」

死者たちの声の現前。その声によって語られる生の物語。死の視点から見返された生を、生者としての客観に提示し、生死の境を貫通する時空を体験させる芸術様式としての演劇。これは、中世という時代には、洋の東西を問わず、親しいものであったはずだ。世阿弥の夢幻能はまさにそのものずばりであるし、ダンテの「神聖演劇」(『神曲』)の地獄篇・煉獄篇において亡者が生者に向って語りかけるという構造も基本的には同様であるといえる。しかしこのような生死の視点転換はリアリズムを旨とする近代以後の演劇と相容れない。リアリズム演劇を超えようとした劇作家たち、たとえばストリンドベリ(『幽霊ソナタ』)、ピランデルロ(『作者を探す六人の登場人物』)、ヴィトケヴィッチ(『幽霊の家』、原題『館』)、あるいは能に学んだイェイツ(『骨のまどろみ』)は、死の視点を導入するためにさまざまな試みを行なったが、ベケットの『芝居』の逆転の放れ業は死をめぐる演劇史的遠近法の消点をなすものであろう。

もっとも、ベケット自身においても、『芝居』の過激さは例外的である。他の戯曲はより多く死に収斂していく生にかかわっている。『勝負の終り』は原題(『エンドゲーム』)はチェスの終盤戦」、碁なら「よせ」の意)どおり、車椅子の盲人の老人ハムが演ずる生というゲームの終末間近の局面を描いている。彼に仕えてきた召使いはついに彼を捨てて外の世界へ出て行こうとしており、一方、彼の両親はゴミ箱の中で息絶えんとしている。ただしこの芝居は、終末論的深刻さに浸されながら、同時に「これは芝居だ」と明かす楽屋落ちに満ちている。つまり、主人公は公演の続くかぎり毎晩この終盤戦をくり返すのだと、観客は思い知らされる。(ハムという名は大根役者《ハム・アクター》にかけてあるにちがいない。)エンドレスなエンドゲームとしての演劇、あるいは人生。

『しあわせな日々』の女主人公ウィニーは、第一幕では胸まで、第二幕では首まで地面に埋もれている。もし第三幕があれば、彼女は地中に没していることだろう。この途方もない状況の中で、彼女は一見平然としてとりとめもないおしゃべりを続ける。彼女の不安は、自分が徐々に埋没していくことではなくて、自分の使える「言葉」が乏しく限られていることである。「めざめのベル」から「おやすみのベル」までの時間をおしゃべりで埋めることによってしか自分の存在を確認できない彼女は、二つの可能性におびえている。「おやすみ」の時間がくるまえに「お話」を語り終り「言葉」が尽きてしまったら？　あるいは、「おやすみ」の時間がきたときにまだ「お話」が終らず「言葉」を使い切っていなかったら？　彼女は毎日の果ての「おやすみ」（あるいは人生の果ての「死」）を恐れているのではない。むしろ、「お話」を語り終えて「言葉」を使い切り、それと同じ瞬間に真の眠り（死）に抱きとられることこそ、彼女の願いなのだ。だが、願いは実現せず、彼女は翌朝（次の幕開き）のベルが鳴るとともに否応なく起こされ、またおしゃべり（生きること）を始めなければならない。仮想の第三幕でも、彼女は地下でなお（死してなお）「お話」を続けるだろう。

最近作の一つ『ロッカバイ』では、年老いた女主人公が揺り椅子に坐っている。今度は彼女がしゃべるのではなく、彼女は「もっと」とお話を催促するだけだ。すると、揺り椅子が揺れ始め、スピーカーから録音された声（どうやら彼女の声らしい）がある女（たぶん彼女自身）の人生を物語り始める。それは極度に省略された物語である。声は最後にこう語る。「女は母が昔坐っていた揺り椅子に坐り、揺り椅子に向って言った、〈彼女の目をつぶらせておあげ……彼女を眠らせてあおげ〉」——声と姿、娘と母、語る者と語られる者の二重性はまことに謎めいた眩惑に観客を引き入れるが、少なくともここではついに、ベケット的主人公はかつての「無限物語地獄」から解き放たれ、曖昧さをなお残しながらもいちおう「死にきる」ことを許されたかのように見える。

続いて書かれた『オハイオ即興曲』の末尾にも、そのような微かな宥恕の響きが聞きとれる。テーブルに坐った二人の瓜二つの白髪の老人。片方の「読む人」が厚い本の終りの方を朗読する。他方の「聞く人」はまったく無言である。読まれる物語といえば——

「いとしい人」に（たぶん）死別した男のもとに、ある夜「いとしい人」から遣わされたという男が厚い本を抱えて訪れ、本に記された物語を読んで聞かせて、帰っていく。何度か同じことがくり返されたのち、ある夜、読み終った男が言う。「〔いとしい人から〕知らせがあったのです。もう二度とあの人のところへ行く必要はない、たとえおまえにそれができるにしても、と。」そしてこれを最後にもういちど物語が朗読され、二人の男は薄暗がりの中でじっと石のように坐りつくす。そして再び「これを最後にもういちど」物語が読まれる。「語るべきことはもうなにも残っていない。」

すでにお馴染みの「入れこ構造」によるメタシアター・メタフィクションである（ハムレットの読んでいるのはハムレット自身のことが書いてある本である、というマラルメの解釈を思い出す）。ただ、ベケットの以前の作と違うのは、「これでおしまい」という調子で幕が降りることである。「これを最後にもういちど」という句が二度くり返されるところに一抹の曖昧さが残るけれど、かつての『芝居』が、終ったとたんに、「ダ・カーポ」のト書によって始めからそっくり反覆されたのに較べれば、悪循環の呪いはここでは解かれていると感じられる。

ベケットの妻が去年七月に亡くなったことが世に知られたのは三ヵ月ほどたってからであったが、その後を追うようにしてベケットの死を知ったとき、私はただちに『オハイオ即興曲』の「いとしい人」に死別した男の物語を思い出して、胸を衝かれた。しかしこの奇しき暗号を喋々するのは死者への冒瀆であろうし、戦争末期ゲシュタポの手を危うく逃れて手に手を取ってパリを脱出して以来の夫妻の絆がいかに深いものであったにせよ、それを私小説的に作品に読みこむことの愚は明らかであろう。それよりも、小説を一瞥しなければならない。

『ゴドー』と同時期に書かれた『モロイ』三部作の最後を飾る力篇『名づけえぬもの』は、戯曲に劣らず典型的にベケット風なエンディングをもっている。前二作におけるモロイやマロウンといった主人公が与えられていた実体性はこの第三作ではもはや失われている。いわゆる主人公は存在せず、いずこともも分らぬ空間の中で、誰のものとも分らぬ声が語り続けるだけである。この空間は意識の内奥であり、この声は、意識がみずからを確定しようともがいて「他者」の物語を紡ぎ出そうとする営みにほかならない。「他者」は創られるはしから同一性を失い、名前をつけかえられていく。語る者と語られる者は混りあい、意識は一切のよりどころを失って、沈黙と暗黒、つまり死に憧れるが、同時にそれが不可能であることを知っている。というか、沈黙と死に憧れながら、語り続け生き続けなければならないことを知っているのである。「……私はやっていけない、私はやっていくだろう」

この結びの言葉は、『ゴドー』の幕切れの「さあ行こう」「ああ行こう」(二人は動かない)という道化芝居的ギャグにも通じ、また「動いてしかも動かない」というベケットお気に入りのゼノンの逆説にも響きあうが、「死」の文脈でいえば、死してなお語り続けなければならぬベケット的煉獄の業苦(あるいは勇気)を表わしている。

だが、その後の小説(むしろ散文テクストあるいは散文詩と呼ぶべきか)、たとえば『想像力は

死んだ　想像せよ』では、「どこから差すのか分らぬ、すべてを白く輝かせる」不思議な「光」に満たされた空間が現れてくる。そして最近作の一つ『よく見えないうまく言えない』（Ill Seen, Ill Said 未訳）は、ついに「もうひととき。最後のひととき。あの空虚を吸う恵み。しあわせを知る」と締めくくられるにいたる。この世の苦しみや欲望や煩悩をいままさに解脱しようとしている魂の、ほとんどダンテ的とも言いたい至福の予感を、ここに聞きとるのは見当ちがいだろうか。たとえ、「空虚」とか「しあわせ」という語にかすかなアイロニーがつきまとっているにしても。

こう見てくると、作家サミュエル・ベケットが（彼の句を借りれば）「なんのかのといってもとうとうすっかり死んだ」というニュースは格別の感慨をもたらさずにはおかない。「あんた、来世を信じるかい」とクロヴに聞かれて「おれの人生はいつも来世だったさ」と答えたハムよろしく、この作家はずっと幽明境を異にした彼方から書いていたのではないか。そう思えば、彼の現実の死はほとんどニュースではない。いや、ニュースでしかない。

ウィニーではないが、「おやすみのベル」が鳴ったときこの作家ほど「言葉」をうまく使い切っていた人は稀だろう。とすれば、いま肉体の死は、それらの「言葉」がより現実味のある声となって私たちに語りかけてくるきっかけにすぎないかもしれない。生の中に死を、死の中に生を、見出し続けたその一見偏狭な声は、一見豊かな生の中で死の不安を押し隠している私たちの心を広やかにし、励ましてくれるだろう。

それにしても「可能なかぎり多くのものを排除していく」ベケットの「引き算」の芸術は自殺的ではないのか、と言う人はいるにちがいない。『ゴドー』は当初「反演劇」といわれたにもかかわらず、今からふりかえれば、たっぷりと会話や事件やアクションが盛りこまれていた。『勝負の終り』だって、登場人物は四人もいて、議論や葛藤や愛や憎しみがあった。だが、その後はどうだろう。

自分の吹きこんだテープを聞いている男（『クラップの最後のテープ』）。暗闇の中でスポットライトを浴びてしゃべる女の口（『私じゃない』）。三つのスピーカーから流れる自分の三つの時期の声に聞き入る老人（『あのとき』）、揺り椅子に坐ってやはりスピーカーからの声を聞く老女……このような作品を「もはや演劇ではない別のもの」と呼びたくなるのも分る。

しかしベケットのやったことは決して演劇という玉ねぎの皮をむいてゼロにしてしまうことではない。演劇から排除可能なものをすべて排除して、ぎりぎり不可欠の要素に収約したらどうなるか、という強烈な方法意識にもとづいた実験である。外的なできごとはほぼ完全に捨象して、彼が到達したのは人間の意識そのものに胚胎するドラマであった（「不条理演劇」というラベルはベケットとはおよそ無関係なのだ）。

　たとえばクラップ。六十九歳の老人が三十年前に吹きこんだテープを機械にかけると、その一年を回顧する声が聞こえてくる。その声はついでに十数年前のテープを聞いた感想をも語っている。さて舞台上の六十九歳のクラップは今のテープを聞いた感想をきっかけに今年一年の回顧を吹きこむ。

　ここで明らかになるのは、クラップ老人の意識を構成している記憶の複層性であり、それらの層のあいだのギャップである。他の人間や物事やできごとはそのまま舞台に表象されることなく、すべて記憶に留められている限りでのみ喚起されるのだが、その記憶なるものは言語によって再構成されている。できごとと記憶、記憶と言語的再構成のあいだのギャップが大きいことを、作者は観客に発見させつつ、そのギャップに満ちたテクストによってクラップの過去を観客の想像力の中に作っていく。同時に舞台上のクラップが行なうアクションとナレーションという現在のイメージにも、作者は観客を集中させる。そして最終的には、クラップ老人の意識における過去と現在の相互作用を想像する観客の想像力の中に、演劇体験を成立させるのである。

この構造は、必要な変更を加えれば、他のベケット後期戯曲にも当てはまる。『私じゃない』では、テープとは別個に存在してテープに反応していたクラップ老人は抹殺され、登場人物は「口」だけとなる。その「口」はテープのナレーションに相当するテクストをみずからしゃべることになる。観客は「口」の語りを聞くことによって過去のイメージを作っていくが、その過去と相互作用を行なうべき現在のイメージが「口」しかないことに戸惑う。しかし、働く「口」とそれによって語られるテクストが一つであって別々であるいいい（「私じゃない」）ことが、不思議に強い体験を観客にもたらす。

『あのとき』と『ロッカバイ』では、舞台上の人物はほとんど何のアクションもしないし、ナレーションもしない。しかし無言ではあっても、視覚的には実在して、現在のイメージをなしている。ナレーションはすべて録音された人物自身の声によって行なわれ、そのテクストによって過去のイメージが織られていく。そして過去と現在の相互作用はほとんど認められない。こうして、聴覚と視覚、語る声と語られる存在、過去と現在、これらの乖離が、ここでは機械仕掛け（人物自身によって操作されるテープレコーダーとは違って、声を操作する力の正体は謎である）によって、きわめてラディカルなものとなっている。そのことが観客を驚かせ、魅了するのである。

これを異常とか前衛などと決めつけるまえに、私たちは、演劇を外的なできごとをなぞるものとする考え方とは対極的に、意識の構造そのものを演劇化するという視点があり得ることを認めるべきだろう。

すなわち、一人の人間がいる。彼/彼女の自我の意識は、過去から現在にいたる他者・できごと・自分自身を観察・感知した記憶が言語化されたもので成り立つ。しかしまた、自我とは、そのような意識を孕みつつ、現在において語り、行動する存在である。そしてそのような自我は、つねに、仮想的であれ「他者」に見られ聞かれることを必要としている。

この構造をそのまま舞台に移したのが『クラップ』だったのである。「他者」とは、いうまでもなく観客である。『クラップ』は明快である。そこで止めておけば、難解のそしりは生じなかったであろうが、わが稀代の「分析家」は分析をさらに押し進めて、『あのとき』『ロッカバイ』の人工的な要素分離をやってのけたのだ。

しかしこの帰謬法的実験によって析出されたモデルは、ベケット以外の演劇にも適用できるのではあるまいか。オイディプスが、フェードルが、ジョン・ガブリエル・ボルクマンが、舞台上に一人あって独白的台詞を語るとき、そして観客がそれを見て聞くとき、劇場内の空間と時間には、『クラップ』と同じ原理が働いているのではないか。

あるいはハムレット。むろん『ハムレット』は一つの原理で切るにはあまりに多面的な作品である。主人公が他の人物と交わす会話の場面には、ベケット的構造は当てはめるべくもない。しかしハムレットを有名にしている独白の場は、彼の近代人らしい内省癖の露呈によってベケットに近づくといえる。父の亡霊が語った過去のテクストとの出会い、母による記憶の裏切り、それを反芻しつつ現在の自分に加える検証・反省・刺激などのナレーションとアクション。いうまでもなく、ハムレットは自分が劇場の中で観客の目と耳にさらされていることを、ベケットの人物たちとは比較にならぬ自明性をもって、承知している。だが、彼の思索と行動のより公的な性格にもかかわらず、彼の独白に示される意識のドラマが、構造としては、クラップたちのそれと別なものであると考える必要はないのである。

クラップ以後の人物に限定せずとも、そもそも『ゴドー』以来、ベケットの人物はいつも極限的な状況で最小限に削られたなけなしの記憶と言葉と行動によって、ミニマルな意識のドラマを演じてきた。一作ごとにより厳格にミニマルになりつづけ、「可能性の使い尽くし」がより徹底的に突きつめられてきたのである。

しかし演劇の可能性をそのように、自分においては、空無すれすれの地点に追いつめていくことによって、ベケットは逆説的に、他人のためには、豊かな可能性を拓いてあげることになった。不可能性から可能性への、この不思議な反転。

たとえば、またしてもピンターだが、二十二歳のとき彼はベケットについてこう書いている。「彼が徹底すればするほど、ぼくには良い利き目がある。この苛責ない作家がぼくの鼻を汚泥の中に突っこめば突っこむほど、ぼくは感謝する。……彼の作品は美しい」若いピンターは新作を書くと、原稿をベケットに送って、返ってきたミニマルなコメントを耽読したという。『バースデー・パーティ』『管理人』『昔の日々』『ノー・マンズ・ランド』などの作品は、ベケットなしには生まれなかったかもしれない。

ベケットの究めた最下点を蹴って、自己の世界の創造へと浮び上ったのは、ピンターだけではない。わが別役実氏もまた『ゴドー』以来の毒をしたたかに呑んだ劇作家である。そしてつとにベケットとともに行くことの危険を悟った氏は、毒を薬に変じて、『ゴドー』の刻印をどこかに隠した豊饒な作品の書き手となった。

ピーター・ブルックによる『リア王』の歴史的名演出も、ベケットをシェイクスピアに結びつけたヤン・コットの霊感から生まれたことはよく知られている。サム・シェパードの『トルー・ウェスト』や『フール・フォア・ラヴ』にもベケットの影は濃い。

アフリカのノーベル賞作家ウォーレ・ソインカとアソル・フガードの二人も、厭世主義とか孤独趣味とか貧血症とか自閉症などと誤解されやすいベケットを正面から受け止め、そこから驚歎すべきポジティヴな信念と勇気を引き出した劇作家である。ベケットの演劇は、彼らにとって、ニーチェ＝ディオニソス的な闇からのよみがえりの儀式、死を通過してトランスパーソナルな創造的エネルギーを獲得するための儀礼に近いのである。デカルトではなくむしろバフチンに似た相貌をもったベケットというべきか。

トム・ストッパードは傑作喜劇『ジャンパーズ』の中でベケットをもじったあげくに、「ワム・バム・サンキュー・サム」という台詞を書き、ベケットを顕彰している。ジャン・ジュネはサルトルの『聖ジュネ』のおかげで何も書けなくなった数年間、マラルメの『イジチュール』を読みつづけ、劇作家として再生したといわれる。『イジチュール』の空無からやがて『バルコン』の絢爛が生まれたという奇蹟に似たことが、『ゴドー』とその後の劇作家・演出家たちの間にいくつも起きた。〈尽きの文学〉の作家はバースの言う〈補給〔盃に満たすこと〕の文学〉の作家となったかのようである。

ストッパードの『ローゼンクランツとギルデンスターンは死んだ』は『ゴドー』から最も鮮かな演劇的可能性を引き出した作品である。これは『ハムレット』を『ゴドー』化したパロディなのか、それとも『ゴドー』という地を『ハムレット』という図に裏返した放れ業なのだろうか。近代の始めにあって、混沌と純粋、他者と意識、行動と非行動をはらみつつ、演劇の可能性を全開にしてみせた『ハムレット』は、近代のあとに演劇の不可能性を証明したかに見える『ゴドー』を待っていたのか。それとも『ゴドー』が、いまウロボロスのごとく、『ハムレット』を待ちつつあるのか。

（「新潮」一九九〇年三月号）

巻末エッセイ「想像力は死んだ　想像せよ」

吉岡　実

ある早春の朝、私は所用があって、近くの高橋康也さんの家を訪問した。ここは鉢山とか南平台という美しい地名の隣接した閑静なところである。家族の方は留守で、康也さんがお茶とケーキでもてなしてくれた。話題は当然ルイス・キャロルとサミュエル・ベケットのことになった。私は〈アリス詩篇〉を数篇書いているので、ルイス・キャロルは身近な存在であったが、サミュエル・ベケットは、奇妙な表現になるが「近くて遠い存在」の作家である。もっとも関心を持っていて、数冊のベケットの小説を手元に置きながら、いまだに通読していない。

それでいて、二十年ほど前に、白水社から出たベケットの戯曲『ゴドーを待ちながら』を買っているのだ。もっともその当時の私は戯曲が好きで、「現代海外戯曲」十数冊のうち、ジャン・アヌイ『泥棒たちの舞踏会』、テネシー・ウィリアムズ『バラの刺青』、ユージン・オニール『夜への長い旅路』など七、八冊を読んでいる。そのなかで、私がいちばん好んだのは、マルセル・エーメの『クレランバール』であった。この作家は後年、『緑の牝馬』を読んだきりである。

十年ほど前のことだが、田村隆一が私の留守のわが家から『ゴドーを待ちながら』を持出し、なかなか返してくれなかったため、妻が田村にきつい催促をしたことがあった。「きみのおくさんはこわいよ」と田村がよく言ったものだ。ささやかなベケットとの関りである。

高橋康也の『サミュエル・ベケット』が最良の入門書だとの世評である。私は街でそれを探したが見つからないからと、康也さんに無心した。帰る時ふと庭を眺めると柵のはるか彼方の青空に、白い富士が輝いていた。

「想像力は死んだ　想像せよ」

『サミュエル・ベケット』を読んでいて、この言葉を見つけた。まこと怖しい一言であると思う。ある時期から、詩を書きながら、私は自己の想像力の枯渇したことを感じた。今までは豊かなイメージの湧出に、愉悦とその定着への抑制に精神を集中すれば、私はそれなりの詩の生成に立会えた。しかしこの頃は他人の言葉の引用と、素材的資料、地名、人名を挿入しながら内なるリアリティの確立を試みているのである。
「想像力は死んだ　想像せよ」とは、詩人の恣意のみの軽薄なる言葉の発想を、きびしく戒めているように思われる。しかしまた「想像力は死んだ　創造せよ」と、なおいっそう想像力を喚起せよとの助言であるかも知れない。想像力を超えるものは、真の創造をもたらす想像力以外にないだろうから。高橋康也が、「恐ろしい作家」というベケットの諸作を、私はこれから読んでいこうと思っている。

（よしおか・みのる　詩人）
（「現代詩手帖」一九七七年五月号）

解説　「道化」という果てしない問い

宇野邦一

カフカ、ベケット、フェルナンド・ペソア、二十世紀の偉大な作家たちとは、しばしばもっともちっぽけ（マイナー）な作家たちである。アイルランド人の父をもちダブリンで育ったという点でベケットと縁があるラフカディオ・ハーン（一八五〇－一九〇四）も、小さな国、小さな存在だけをつぶさに注視する作品を書いた。「マイナー」という問題に関しては、スウィフトにまでさかのぼるアイルランドの作家たちの、祖国との容易ならぬ関係も思い浮かぶ。そのベケットのマイナー性に、高橋康也は「道化」（fool）という名前を与えた。

「道化の誕生」と題された序章から、終章「道化の遺言」まで、このベケット論は「道化」のテーマに集中して力強い読解を進めている。いつのまにか「道化」としての作家から、「道化」としての登場人物、そして作品の本質的モチーフへと、「道化」の意味は変転していく。その論旨は鮮明で、それ自体に一つの小説のような物語的、ドラマ的展開も感じられる。刊行されてから約半世紀たってもこの本の言葉は、ベケットが古びていないように、いまなお生気にあふれている。

第二次世界大戦直後の時期にベケットは、画期的な小説と戯曲をかなり集中的に書いたが、後に世界的な評価をえるまでには時間がかかった。斬新で、奇妙で、難解な作品の読解は、すでに方々で試みられていたが、日本での批評的展望を一気に切り開いたのは、この小著だった。まずベケットの修業時代の伝記的エピソードと、その時代の作品の紹介が興味深い。赤ん坊マーフィーの調子はずれな「喘息気味のソの音」がする産声……。私は『また終わるために』の中の小品の「おれは生まれるまえからおりていた」というリフレインを思い出す。分裂的、観念的、思弁的、そして「道化的」な主人公たち。確かにプルーストのような「恩寵」には欠けているが、音楽も詩も欠いてはいない。それでも若い〈道化作家〉は、腐りかかった卵を好んで食べたデカルトの話にこだわり、精神病院に安住の地を見出したマーフィーをガス＝カオスのせいで死なせ、とにかく、ぎすぎすしたアイロニーを繰り出し続けた。

はじめからベケットの創作は、抒情詩をちらつかせてはそれに冷や水を浴びせ、哲学的思弁を爆発させては中絶し、そのがらくたをひきずるだけだ。「道化の誕生」と「道化の修業」を素早く追跡する高橋の批評は、若いベケットの問題とセンスに忠実である。

そして「道化の完成」。ベケットのいわゆる小説三部作（『モロイ』、『マロウンは死ぬ』、『名づけえぬもの』）とその合間に書かれた『ゴドーを待ちながら』の展開について語った三つの章は、この本のコアになるところだ。すでに『ワット』にいたるまでのユニークな準備的作品は、思考、小説、精神、そして言葉に亀裂をいれるカオス的、分裂的、道化的な試みでみちていた。けれども、これらの試みが、〈小説の現代〉を画すような一貫性を獲得するには、この三部作が、三つの小説の間の反復、展開、変容、深化が確かに必要だった。深化と言っても、それは洗練でも、成熟でも、完成でもなかった（たとえ「道化の完成」と名づけられていても）。むしろそれは、崩壊であり無化のようであった。

『モロイ』は、一見まだ古典的な小説の枠組みを保存しているように見えた。冒頭で、死んだ母親の部屋にいるというモロイが、回想をはじめたらしい。ある日の外出、行く先があるともないともわからない。どうやら母親の住処に向かっている。しかしいつまでたってもたどりつかない。やがて自分がどこにいるかもわからなくなり、行く先も思い出せない。自転車で走るうちに犬をひいてしまう。犬の飼い主の家に連れていかれ、犬を埋葬し、その女の家に居候するうちに、何もかも忘れてしまったようだ。ある日その家を出て、自転車は諦め、不自由な足で松葉杖をついて歩きはじめる。深い森の中に迷い込む。すべての回想は、そのあてどのない旅を遅延させ、迷いに迷うための試行錯誤をめぐるものでしかない。

「言葉のあらゆる意味で貧しさの岩盤に達しようとすること」。高橋はそう『モロイ』の実験を表現している。どこにもたどりつかないモロイの旅は、ドン・キホーテとも、ゲーテやフロベールの作中の旅とも、『夜の果てへの旅』（セリーヌ）とも、なんと異なっていることか。「言葉のまやかし、言葉の無力、意味の欠如」を徹底的にさらしだすこと、物語とは旅であり、旅とは物語であるという等式をすっかり解体してしまうこと、モロイ（そしてモラン）の空しい旅は、旅＝物語を形成する言葉を、そして文学の構成要素を、つぶさに粉砕する実験的過程なのだ。

『マロウンは死ぬ』は、さらにこの実験をつき進めた。記憶喪失者マロウンは確かに、記憶というプルーストの恩寵をすててしまった。もはや「回顧録を書く」などという考えは「冗談」でしかない。「ベケットによる主人公の剝奪、貧困化、空無化はついにここまできたのである」。「私の記録は記録するはずの対象をすべて消失せしめるという奇妙な傾向をもっている」。マロウンは確かに、記録も、記録対象も道連れにして死ななければならない。そしてこれで終わりではなく、さらに『名づけえぬもの』が書かれなければならなかった。「どこだ、こんどは?」「私は脳髄の内部にいるような気がする」。マロウンの死のあとで、もはや「名づけえぬ」ものは、「名づけえぬもの」として死後の次元に入って行ってしまったのか。高橋の読みにしたがえば、ここでも問われているのは言語であり言語行為であり、限界上の不可能な言語である。「言語行為そのものだけが問題なのだと考えていいだろう」、「『私』は言語行為そのものの主体としてのみ存在する」。

「私は言葉の中にいる、私は言葉でできている、他人の言葉だ……私はこれらすべての言葉だ、これらすべての他者だ」。これはベケット自身の文である。

『マーフィー』に出てきたNothing is more real than nothingという箴言を、高橋自身がもう一度引いている。言葉の存在をめぐる奇妙な循環と循環的思考があって、三部作にも、やはり終わりはない。「続けよう」。

『ゴドーを待ちながら』が『マロウンは死ぬ』と『名づけえぬもの』のあいだ(一九四八年)に書かれた、ということは、果てしない暗闇を掘り進むような三部作の執拗な展開を思い浮かべると、よくわかる気もするが、謎をかけられた感じにもなる。三部作の苦行からの「気散じ」、「鮮やかな脱出」などにも見えるが、しかし決してそれは「息抜き」ではなかった、と高橋は書いている。すでにベケットが執拗に書いてきた、どこにもたどりつかない旅、待つだけの旅、どこまでも目的を斥ける旅のなかに、『ゴドー』の内容は十分に準備されていた。それが迂回であったか、休息、気晴らし、偶然の副産物であったか、じつはどうでもいいことだ。言葉と存在に下剤をかけるような追求をした三部作のあいまに、一つの演劇が生みだされた。しかし、この演劇のモチーフは、すでにベケットの散文のなかに内包され熟成されていたもので、決して瓢箪から駒みたいなものではなかった。その散文はいつだって声、空間、身体、身ぶりとともにあったのである。もちろん戯曲として書かれ、舞台として構想されることによって、これらは新しい次元に入ったにちがいない。ベケットは確かに演劇を必要としていた。

高橋のこのベケット論は、最後の三分の一ほどでようやく『ゴドー』について論じ、後は駆け足でベケットの演劇作品を一覧している。あまりにも『ゴドー』といくつかの戯曲に人々の関心が集中していたことに対する抵抗でもあったにちがいない。ベケットの創作と探求の過程は、三部作を中核とする散文の試みを知らないでは解きがたい。もちろんその試みは、演劇によってときにエッセンスを結晶させ、さらに反復し、強化し、増殖し続けたといえる。

最終章「道化の遺言」は、歴史的思想的展望の中で、ベケットの「道化」の意味をもう一度考え直す結論部である。「道化とは〔……〕歴史を越えて人類の想像力に内在する原型的《アーキタイプ》イメージの一つであり、それゆえに合理的分析を拒否する象徴《シンボル》である」。道化（fool）はクラウンのことではなく、愚者・白痴・狂人であり、ルネサンス・中世にさかのぼる狂気の文化と切り離せない。フーコーの『狂気の歴史』は、「狂気」という主体が、精神医学の対象として管理され、拘束され、客体化される歴史的過程（道化の終末）を犀利に分析していた。それを参照しながら、高橋はベケットの「道化」を、現代を遠く逸脱する歴史のなかに位置づけている。そのような文脈で、ボードレールやジョルジュ・バタイユの着想とも、ベケットを隣接させている。高橋がこの本を書いた時期に、フランスでは『アンチ・オイディプス』（ドゥルーズ／ガタリ）が書かれ、ベケットはその中で、分裂症圏の画期的作家として何度も引用されている。（ちなみにドゥルーズは、晩年にも、ベケットのヴィデオ作品を分析する『消尽したもの』を書いて、あらゆる可能性も意味も尽くしたかのようなベケットの表現に、最後の哲学的思考を注入しようとした）。

しかしそれ以上に印象的なのは、高橋がもはや「道化の終末」ではなく、「終末の道化」として、キリストについて語っていることだ。「だがベケットとキリストという問題以上に重大なものはぼくにとって存在しなかったのではなかったか」。なにしろベケットの登場人物は、しばしばキリストを引き合いにだすのである。「ベケットの最も深い意味における宗教性、彼の道化の逆説的な聖性をぼくは疑うことができない」。それは高橋康也の読解の深いモチーフに触れることでもあって、本質的であり、明晰であり、一貫しているこのベケット論を、ある敬虔な姿勢が貫いているのだ。これは晩年のヴィデオ作品「夜と夢」にもはっきり表れたベケットという「道化」の敬虔さとも関係することで、私にとって、最後に印象に残ったことのひとつだ。

アタラクシア〈無所有、無意志、無為、無意味、非知……〉にいたるかのようなベケットの〈道化になること〉の敬虔な態度は、もちろん古典的処世術や苦行の単なる復活ではない。ベケットは、そのような古典的追求に対して、少なくとも新しい関係を作り出そうとしていた。高橋がベケットとキリストとの関わりを最後に指摘していること、その敬虔な姿勢はおそらく大きな問いを内包している。

（うの・くにいち　フランス文学者／批評家）

参考書目

I. 著作

A. 作品

（英語⇄仏語の訳者は、断わらないかぎり作者自身である）

1. ‘Dante...Bruno. Vico.. Joyce’〔評論〕, in *Our Exagmination Round His Factification for Incamination of Work In Progress.* Paris: Shakespeare & Company, 1929; *transition,* 16–17, 1929; London: Faber & Faber, 1936, 1962.
2. ‘Assumption’〔短編小説〕, *transition*, 16–17, 1929.
3. *Whoroscope*〔詩〕, Paris: The Hours Press, 1930. のちに I. A. 28 に収録。
4. *Proust*〔評論〕, London: Chatto & Windus, 1931; N.Y.: Grove Press, 1957;（I. A. 10 とともに）London: John Calder, 1965.
5. ‘Sedendo et Quiescendo’〔短編小説〕, *transition*, 21, 1932.
6. ‘Home Olga’〔詩〕, Chapell Hill, N.C.: *Contempo*, III, 1934. II, A. 3 および R. Ellmann, *James Joyce.* N.Y.: Oxford University Press, 1959 に収録。
7. *More Pricks Than Kicks*〔短編小説集〕, London: Chatto & Windus, 1934; London: Calder & Boyars および N.Y.: Grove Press, 1970.
8. *Echo's Bones and Other Precipitates*〔詩 集〕, Paris: Europa Press, 1935. I. A. 28 に収録。
9. *Murphy*〔小説〕, London: Routledge, 1938; N.Y.: Grove Press, 1957; London: John Calder, 1963.〔仏 訳〕Paris: Bordas, 1947; Paris: Éditions de Minuit, 1965.
10. ‘La Peintre des van Velde, ou: le monde et le pantalon’

〔評論〕, *Cahier d' Art*, 20–21, 1945–46.

11. 'Suite'〔短編小説〕, *Temps Modernes,* I, July 1, 1946. 'La Fin' と改題して I. A. 20 に収録。〔英訳〕'The End', I. A. 20 参照。

12. 'Poèmes 38–39'〔詩〕, *Temps Modernes,* II, Nov., 1946.

13. 'L'Expulsé'〔短編小説〕, *Fontaine,* X, 1946–47. I. A. 20 に収録。〔英訳〕'The Expelled', I. A. 20 参照。

14. 'Three Dialogues'〔Georges Duthuit との対話〕, *Transition Forty-Nine*, 5, 1949;（I. A. 4 とともに）London: John Calder, 1965.

15. *Molloy*〔小説〕, Paris: Édititions de Minuit, 1951.〔作者協力のもとに Patrick Bowles による英訳〕Paris: olympia Press, 1955; N.Y.: Grove Press, 1955; London: Calder & Boyars, 1966. *Malone Dies* および *The Unnamable* とともに三部作合本としては N.Y.: Grove Press, 1959; London: John Calder, 1960; London: Calder & Boyars, 1966.

16. *Malone meurt*〔小説〕, Paris: Éditions de Minuit, 1951.〔英訳〕*Molone Dies.* N.Y.: Grove Press, 1956; London: John Calder, 1958; London: Penguin Books, 1962; ほかに三部作合本。

17. *En attendant Godot*〔戯曲〕, Paris: Éditions de Minuit, 1952.〔英訳〕*Waiting for Godot.* N.Y.: Grove Press, 1954; London: Faber & Faber, 1956; 2nd British ed., unexpurgated, revised, London: Faber & Faber, 1965.

18. *L'Innommable*〔小説〕, Paris: Éditions de Minuit, 1953.〔英訳〕*The Unnamable.* N.Y.: Grove Press, 1958; ほかに三部作合本。

19. *Watt*〔小説〕, Paris: olympia Press, 1953; N.Y.: Grove Press, 1959; London: John Calder, 1963.〔作者協力のもとに Ludovic および Agnès Janvier による仏訳〕Paris: Éditions de Minuit, 1968.

20. *Nouvelles et Textes pour rien*〔I. A. 11 と I. A. 13 を含む 3 つの短編小説と 13 の散文テクスト〕, Paris: Éditions de Minuit, 1955.〔英訳〕*Stories and Texts for Nothing.* N. Y.: Grove Press, 1967; *No's Knife.* London: Calder & Boyars, 1967 に収録。

21. 'From an Abandoned Work'〔未完の小説の断片〕, *Trinity News*, III, 1956; London: Faber & Faber, 1958; *No's Knife* に収録。〔作者協力のもとに Ludovic および Agnes Janvier による仏訳〕'D'un ouvrage abandonné', *Têtes-mortes.* Paris: Éditions de Minuit, 1967 に収録。

22. *Fin de Partie, suivi de Acte sans paroles*〔戯曲とマイム台本〕, Paris: Éditions de Minuit, 1957.〔英訳〕*Endgame, Followed by Act Without Words.* N. Y.: Grove Press, 1958; London: Faber & Faber, 1958.

23. *All That Fall*〔ラジオ・ドラマ〕, N.Y.: Grove Press, 1957; London: Faber & Faber, 1957.〔作者と Robert Pinget による仏訳〕*Tous ceux qui tombent.* Paris: Éditions de Minuit, 1957.

24. *Krapp's Last Tape*〔戯曲〕, *Evergreen Review,* II, 1958;（*Embers* とともに）London: Faber & Faber, 1959.〔作者と Pierre Leyris による仏訳〕*La dernière bande, Lettres Nouvelles,* 1, 1959;（*Cendres* とともに）Paris: Éditions de Minuit, 1960.

25. *Embers*〔ラジオ・ドラマ〕, *Evergreen Review*, III, 1959;（*Krapp's Last Tape* とともに）London: Faber & Faber, 1959.〔作者と Robert Pinget による仏訳〕*Cendres, Lettres Nouvelles,* 36, 1959;（*La dernière bande* とともに）Paris: Éditions de Minuit, 1960.

26. *Comment c'est*〔小説〕, Paris: Éditions de Minuit, 1961.〔英訳〕*How It Is.*, N.Y.: Grove Press, 1964; London: John Calder, 1964.

27. *Happy Days*〔戯曲〕, N.Y.: Grove Press, 1961; London: Faber & Faber, 1962.〔仏訳〕*Oh les beaux jours.* Paris: Éditions de Minuit, 1963.

28. *Poems in English*〔詩〕, London: John Calder, 1961.
29. 'Words and Music'〔ラジオ・ドラマ〕, *Evergreen Review*, VI. 1962; *Play and two short pieces for radio*. London: Faber & Faber, 1964 に収録。〔仏訳〕'Paroles et muique', *Comédie et actes divers*. Paris: Éditions de Minuit, 1966 に収録。
30. 'Acte sans paroles II'〔マイム台本〕, *Dramatische Dichtungen*, I, Suhrkamp Verlag, 1963; *Comédie et actes divers* に収録。〔英訳〕*Eh Joe and Other Writtings*. London: Faber & Faber, 1967 に収録。
31. 'Cascando'〔ラジオ・ドラマ〕, *Dramatische Dichtungen*, I, Suhrkamp Verlag, 1963; *Comédie et actes divers* に収録。〔英訳〕*Play and two short pieces for radio*. London: Faber & Faber, 1964 に収録。
32. *Play*〔戯曲〕, London: Faber & Faber, 1964.〔仏訳〕*Comédie, Letteres Nouvelles*, XII, 1964; Paris: Éditions de Minuit, 1966.
33. *Imagination morte imaginez*〔散文テクスト〕, Paris: Éditions de Minuit, 1965; *Têtes-mortes* に収録。〔英訳〕'Imagination Dead Imagine', *Sunday Times*, Nov. 7, 1965; *No's Knife* に収録。
34. *Assez*〔散文テクスト〕, Paris: Éditions de Minuit, 1966; *Têtes-mortes* に収録。〔英訳〕'Enough', *No's Knife* に収録。
35. *Bing*〔散文テクスト〕, Paris: Éditions de Minuit, 1966; *Têtes-mortes* に収録。〔英訳〕'Ping', *No's Knife* に収録。
36. 'Dans le cylindre'〔散文テクスト〕, *Livres de France*, XVIII, 1967.
37. *Eh Joe*〔テレビ・ドラマ〕, London: Faber & Faber, 1967.〔仏訳〕'Dis Joe', *Comédie et actes divers* に収録。
38. 'Film'〔映画脚本〕, *Eh Joe and Other Writings*（1967）に収録。
39. *Come and Go*〔戯曲〕, London: Calder & Boyars, 1967.〔仏訳〕'Va et vient', *Comédie et actes divers* に収録。
40. 'Breath'〔舞台劇（？）台本〕, *Oh! Calcutta!* (An entertain-

ment with music devised by Kenneth Tynan）N. Y.: Grove Press, 1969 に収録。
41. *Sans*〔散文テクスト〕, Paris: Éditions de Minuit, 1969.〔英訳〕*Lessness*. London: Calder & Boyars, 1970.
42. *Premier Amour*〔短編小説〕, Paris: Éditions de Minuit, 1970. 執筆は 1945 頃。
43. *Mercier et Camier*〔小説〕, Paris: Éditions de Minuit, 1970. 執筆は 1946 頃。

B. 邦訳

1. 安堂信也・高橋康也共訳『ベケット戯曲全集』（全 2 巻）白水社、1967 年。I. A. 40 をのぞいて戯曲、ラジオ・ドラマ、テレビ・ドラマ、マイム台本のすべてを含む。
2. 清水徹訳「鎮静剤」―『ベケット、シモン』（「世界文学全集」27）集英社、1968 年。
3. 三輪秀彦訳「モロイ」「追放された者」「終焉」―『ベケット、シモン』（「世界文学全集」27）集英社、1968 年。
4. 安堂信也訳『モロイ』白水社、1969 年。新装版、1995 年。
5. 藤井かよ・永坂田律子共訳『マロウンは死ぬ』太陽社、1969 年。
6. 高橋康也訳『マロウンは死ぬ』白水社、1969 年。新装版、1995 年。
7. 安藤元雄訳『名づけえぬもの』白水社、1970 年。新装版、1995 年。
8. 高橋康也訳「ホロスコープ」―『ユリイカ』II, 5（1970 年 5 月）。
9. 大貫三郎訳『プルースト』せりか書房、1970 年。新装版、1993 年。
10. 岩崎力訳「名づけられぬもの」―『クノー、ベケット』（「世界の文学」43）中央公論社、1970 年。

11. 三輪秀彦訳『マーフィ』早川書房、1970年。ハヤカワ文庫、1972年。
12. 高橋康也訳「ホーム・オルガ」—『パイデイア』8(1970年夏号)。
13. 長谷川四郎訳「終盤戦」—『新日本文学』XXVI, 2(1971年2月)。
14. 川口喬一訳『マーフィー』白水社、1971年。新装版、2001年。
15. 高橋康也訳『ワット』白水社、1971年。新装版、2001年。
16. 安堂信也訳『初恋/メルシエとカミエ』白水社、1971年。新装版、2004年。
17. 川口喬一訳『蹴り損の棘もうけ』白水社、1972年。新装版、2003年。
18. 片山昇訳『事の次第』白水社、1972年。新装版、2016年。
19. 片山昇・安堂信也共訳『サミュエル・ベケット短編集』白水社、1972年。新装版『サミュエル・ベケット短編小説集』白水社、2015年。
20. 安堂信也・高橋康也訳『ベケット戯曲全集』(全3巻)白水社、1986年。
21. 安堂信也・高橋康也訳『ゴドーを待ちながら』白水社、1990年。白水uブックス、2013年。
22. 宇野邦一訳『伴侶』書肆山田、1990年。
23. 安堂信也・高橋康也訳『勝負の終わり/クラップの最後のテープ』白水社、1990年。新装版、2008年。
24. 安堂信也・高橋康也訳『しあわせな日々/芝居』白水社、1991年。新装版、2008年。
25. 宇野邦一訳『見ちがい言いちがい』書肆山田、1991年。
26. 高橋康也・宇野邦一訳『消尽したもの』白水社、1994年。
27. 田尻芳樹訳『並には勝る女たちの夢』白水社、1995年。

28.　高橋康也・川口喬一・岩崎力・片山昇・梱沢雅子・安堂信也訳『ジョイス論／プルースト論』白水社、1996 年。
29.　坂原眞里訳『エレウテリア（自由）』白水社、1997 年。
30.　高橋康也・宇野邦一訳『また終わるために』書肆山田、1997 年。
31.　長島確訳『いざ最悪の方へ』書肆山田、1999 年。

II. 参考文献

A. 研究書

1. Gessner, Niklaus, *Die Unzulänglichkeit der Sprache: Eine Untersuchung über Formzerfall und Beziehungslosigkeit bei Samuel Beckett.* Zurich: Juris, 1957.
2. Kenner, Hugh, *Samuel Beckett: A Critical Study.* N.Y.: Grove Press, 1961; London: John Calder, 1962.
3. Cohn, Ruby, *Samuel Beckett: The Comic Gamut.* New Brunswick, N. J.: Rutgers University Press, 1962.
4. Hoffman, F. J., *Samuel Beckett: the Language of Self.* Carbondale, Ill.: Southern Illinois University Press, 1962.
5. Marissel, André, *Samuel Beckett.* Paris: Éditions Universitaires, 1963.
6. Coe, Richard N., *Beckett.* Edinburgh and London: Oliver & Boyd, 1964.
7. Fletcher, John, *The Novels of Samuel Beckett.* London: Chatto & Windus, 1964.
8. Jacobsen, J., and W. R. Mueller, *The Testament of Samuel Beckett.* N. Y.: Hill & Wang, 1964.
9. Tindall, W. Y., *Samuel Beckett.* N.Y. and London: Columbia University Press, 1964.
10. Esslin, Martin, ed., *Samuel Beckett: A Collection of Critical Essays.* Englewood Cliffs, N. J.: Prentice-Hall, 1965.
11. Federman, Raymond, *Journey to Chaos: Samuel Beckett's Early Fiction.* Berkeley and Los Angeles, Cal.: University of California Press, 1965.
12. Scott, N.A., *Samuel Beckett.* London: Bowes & Bowes, 1965.
13. Janvier, Ludovic, *Pour Samuel Beckett.* Paris: Éditions de Minuit, 1966.

14. Mélèse, Pierre, *Samuel Beckett.* Paris: Pierre Seghers, 1966.

15. Fletcher, John, *Samuel Beckett's Art.* London: Chatto & Windus, 1967.

16. Calder, John et *al., Beckett at 60.* London: Calder & Boyars, 1967.

17. Cohn, Ruby, ed., *Casebook on Waiting for Godot.* N.Y.: Grove Press, 1967.

18. Harrison, R., *Samuel Beckett's Murphy.* Athens: University of Georgia Press, 1968.

19. Onimus, Jean, *Beckett.* Paris: Desclée de Brouwer, 1968.

20. Hayman, R, *Samuel Beckett.* London: Heinemann, 1968.

21. Janvier, Ludovic, *Beckett par lui-même.* Paris: Éditions du Seuil, 1969.

22. Bernal, Olga, *Langage et fiction dans le roman de Samuel Beckett.* Paris: Gallimard, 1969.

23. Chevigny, B. G., ed., *Twentieth Century Interpretations of Endgame.* Englewood Cliffs, N. J.: Prentice-Hall, 1969.

24. Robinson, Michael, *The Long Sonata of the Dead.* London: Rupert Hart-Davis, 1969.

25. Porche, L., *Beckett: l'enfer à notre portée.* Paris: Éditions de Centurion, 1969.

26. Barnard, G. C., *Samuel Beckett.* N.Y.: Dodd, Mead & Co., 1970.

27. Harvey, L. E., *Samuel Beckett, Poet and Critic.* Princeton, N. J.: Princeton University Press, 1970.

28. Friedman, M. J., ed., *Samuel Beckett Now.* Chicago and London: University of Chicago Press, 1970.

29. Federman, R. and J. Fletcher, *Samuel Beckett; His Works and Critics.* Berkeley, Cal., and London: University of California Press, 1970.

B. 雑誌特集号

1. *Perspective,* XI（Autumn, 1959）, ed. Ruby Cohn.
2. *Cahier de la Compagnie Madeleine Renaud-Jean-Louis Barrault,* XLIV（octobre 1963）.
3. *Revue des Lettres Modernes*（*Samuel Beckett: Configuration Critique,* No. 8）, C（1964）, ed. M. J. Friedman.
4. *Modern Drama,* IX（December 1966）, ed. Ruby Cohn.
5. *Livres de France,* XVIII（janvier 1967）.

C. 雑誌および単行本所収の論文

1. Bataille, Georges, 'Le Silence de Molloy', *Critique,* VII（mai 15, 1951）.
邦訳：安堂信也訳「モロイの沈黙」—『海』（中央公論社）1970 年 4 月号。
2. Nadeau, Maurice, 'Samuel Beckett, l'humour et le néant', *Mercure de France,* CCCXII（août 1951）. 英訳は II. A. 10 所収。
3. Blanchot, Maurice, 'Où maintenant? Qui maintenant?', N. R. F., II（octobre 1953）. *Le Livre à venir.* Paris: Gallimard, 1959 所収。
邦訳：粟津則雄訳『来るべき書物』現代思潮社、1968 年。
4. Anders, Günther, 'Sein ohne Zeit, zu Becketts Stück En attendant Godot', *Neue Schweizer Rundschau,* 9（Januar 1954）. 英訳は II. A. 10 所収。
5. Mayoux, Jean-Jacques, 'Le Théâtre de Samuel Beckett', *Etudes Anglaises,* X（octobre-décembre 1957）.
6. Mauriac, Claude, 'Samuel Beckett', *L'Alittérature contemporaine.* Paris: Albin-Michel, 1958.
7. Brooke-Rose, Christine, 'Samuel Beckett and the Anti-Novel', *London Magazine,* V（December 1958）.
8. Fowlie, Wallace, 'Beckett', *Dionysus in Paris.* N.Y.: Meridian

Books, 1960.

9. Frye, Northrop, 'The Nightmare Life in Death', *Hudson Review*, XIII（Autumn 1960）.

10. Kermode, Frank, 'Beckett, Snow, and Pure Poverty', *Encounter*, XV（July 1960）. *Puzzles and Epiphanies.* London: Routledge and Kegan Paul, 1962 所収。

11. Adorno, T. W., 'Versuch, das Endspiel zu verstehen', *Noten zur Literatur*, II, Frankfurt A. M.: Zuhrkamp, 1961. 英訳は II. A. 23 所収。

12. Esslin, Martin, 'Samuel Beckett', *The Theatre of the Absurd.* N.Y.: Doubleday, 1961.
邦訳：小田島雄志他訳『不条理の演劇』晶文社、1968 年。

13. Mercier, Vivian, 'Samuel Beckett and the Sheela-na-gig', *Kenyon Review*, XXIII（Spring 1961）. *The Irish Comic Tradition.* London: Oxford University Press, 1962 所収。

14. Grossvogel, D. I., 'Samuel Beckett', *Four Playwrights and a Postscript.* N.Y.: Cornell University Press, 1962. のちに *The Blasphemers* と改題。

15. Pronko, Leonard, 'Samuel Beckett', *Avant-Garde: The Experimental Theater in France.* Berkeley and Los Angeles, Cal: University of California Press, 1962.

16. Simpson, Alan, 'Samuel Beckett', *Beckett and Behan.* London: Routledge & Kegan Paul, 1962.

17. Sypher, Wylie, 'The Anonymous Self', *Loss of Self in Modern Literature and Art.* N. Y.: Random House, 1962.

18. Pingaud, Bernard, 'Beckett le précurseur', *Molloy*（10-18 éditions, 1963）の巻末。

19. Abel, Lionel, 'Samuel Beckett and James Joyce in *Endgame*', *Metatheater.* N.Y.: Hill & Wang, 1963.

20. Robbe-Grillet, Alain, 'Samuel Beckett ou la présence sur la scène', *Pour un nouveau roman.* Paris: Éditions de Minuit,

1963 所収。
邦訳：平岡篤頼訳『新しい小説のために』新潮社、1967 年。
21. Kott, Jan, *'King Lear or Endgame', Shakespeare Our Contemporary.* London: Methuen, 1964.
邦訳：蜂谷・喜志共訳『シェイクスピアはわれらの同時代人』白水社、1968 年。
22. Kenner, Hugh, 'Samuel Beckett: Comedian of the Impasse', *The Stoic Comedians.* London: W. H. Allen, 1964.
23. Duckworth, Colin, 'The Making of *Godot*', *En attendant Godot.* London: Harrap, 1966 序文。
24. Hassan, Ihab, 'Samuel Beckett', *The Literature of Silence.* N. Y.: A. A. Knopf, 1966.

D. 日本における文献

1. 高橋康也「ベケットの世界」―『季刊世界文学』1（1965 年秋号）。「言葉と沈黙 ―― ベケットの世界」として『エクスタシーの系譜』京都・あぽろん社、1966 年に収録。
2. 来住正三「ベケットめぐって」―『ガレオン』3（1966 年 9 月）。
3. 川口喬一「Samuel Beckett：語りと語り手」―『アシニーアム』7（1966 年 11 月）。『現代イギリス小説』東京・開拓社、1969 年に収録。
4. 藤井かよ「サミュエル・ベケット試論」―『ワセダ・レビュー』6–7（1967 年 9 月–68 年 3 月）。
5. 高橋康也「二人のホモ・ルーデンス ―― ジュネとベケット」―『本の手帖』VIII, 3（1968 年 5 月）。
6. 高橋康也「シェイクスピアを待ちながら ―― シェイクスピアと不条理演劇（1）（2）」―『英語文学世界』III, 9–10（1968 年 12 月–69 年 1 月）。
7. 柄谷真佐子「『ゴドーを待ちながら』を読むために ―― ベケット論」―『フェリス女学院大学・英米文学研究会会誌』2

（1969 年）。
8. 永坂田津子「サミュエル・ベケット ―― Zone of Zero としての詩的世界」―『早稲田大学・英文学』33（1969 年）。
9. 高橋康也「ベケットの位置」―『海』7（1969 年 12 月）。
10. 鈴木健三「手鼻・『ワット』・『フィネガンズ・ウェイク』」―『英語文学世界』IV, 8（1969 年 8 月）。
11. 藤井かよ「ベケットの世界」―『英語青年』CXVI, 2（1970 年 2 月）。
12. 川口喬一「揺り椅子から酒場まで ―― ベケットの『マーフィー』」―『英語文学世界』IV, 11（1970 年 11 月）。
13. 高橋康也「サミュエル・ベケット ―― または〈言語動物〉の宿命」―『英語研究』LIX, 3（1970 年 3 月）。
14. 高橋康也「笑いの喪失の笑いの喪失 ―― ベケットとユーモア」―『学鐙』LXVII, 3（1970 年 3 月）。
15. 安藤元雄「奴隷の奴隷」―『ユリイカ』II, 5（1970 年 5 月）。
16. 高橋康也「ベケットとベカルト〔sic〕 ―― 『ホロスコープ』をめぐって」―『ユリイカ』II, 5（1970 年 5 月）。
17. 高橋康也「ベケット《ホーム・オルガ》をめぐって」―『パイデイア』8（1970 年夏）。
18. 近藤耕人「内部の言葉 ―― ベケットの *Comment c'est* をめぐって」―『20 世紀文学』10（1970 年 1 月）。
19. 栩沢雅子「『目録づくり』の道化師たち ―― スターンとベケット」―『日本女子大学紀要』19（1970 年）。
20. 高橋康也「スカトロジカル・エスカトロジー ―― ベケットとエロス」―『季刊地下演劇』3（1970 年 11 月）。

＊書目は本書底本刊行時（1971 年 2 月）のものである。ただし、I. B. については、単行本作品を補足した。（2017 年 9 月現在）

編集付記

一、本書は、『〈今日のイギリス・アメリカ文学3〉サミュエル・ベケット』（研究社出版、一九七一年二月）を底本として、著者によるベケット追悼文と吉岡実の関連エッセイを併せて収録したものである。

一、人名については、現在の一般的な表記に改めた。

一、底本中、明らかな誤植と思われる箇所は訂正し、難読と思われる漢字にはルビを付した。

一、本文中に今日からみれば不適切と思われる表現もあるが、作品の時代背景および著者が故人であることを考慮し、底本のままとした。

白水uブックス　1132

サミュエル・ベケット

著　者 © 高橋康也《たかはしやすなり》
発行者　及川直志
発行所　株式会社 白水社
東京都千代田区神田小川町 3-24
振替 00190-5-33228 〒 101-0052
電話 (03) 3291-7811 (営業部)
(03) 3291-7821 (編集部)
http://www.hakusuisha.co.jp

2017 年 10 月 15 日印刷
2017 年 11 月 5 日発行
本文印刷　株式会社精興社
表紙印刷　クリエイティブ弥那
製　　本　加瀬製本
Printed in Japan

ISBN978-4-560-72132-2

乱丁・落丁本は送料小社負担にてお取り替えいたします。

ゴドーを待ちながら

サミュエル・ベケット著　安堂信也、高橋康也訳

田舎道。一本の木。夕暮れ。エストラゴンとヴラジーミルという二人組のホームレスが、救済者・ゴドーを待ちながら、ひまつぶしに興じている――。不条理演劇の代名詞にして最高傑作！

【白水Uブックス】版

事の次第

サミュエル・ベケット著　片山昇訳

「音楽になってゆく言葉」で書かれた文学！　ベケット文学の集大成と言うべき、《小説の終わり》。小説の解体を極限まで推し進めつつも渾然たる詩的宇宙を完成させた「最後の小説」。

サミュエル・ベケット短編小説集

片山昇、安堂信也訳

収録作品＝短編と反古草紙（追い出された男／鎮静剤／終わり／反古草紙）／死んだ頭（断章［未刊の作品より］／たくさん／死せる想像力よ想像せよ／びーん）／なく／人べらし役

ベケット伝（上・下）

ジェイムズ・ノウルソン 著　高橋康也、井上善幸、岡室美奈子、田尻芳樹、堀 真理子、森 尚 訳

ベケット自身から認可され、資料提供などの積極的な支援を受けて仕上がった本格的な伝記。徹底した取材と新資料、逸話を基にベケットの業績と知られざる人間像をあますことなく伝える。

サミュエル・ベケット証言録

ジェイムズ&エリザベス・ノウルソン 編著　田尻芳樹、川島 健 訳

ベケット本人の回想と関係者たちの証言を、集大成！　数々の貴重な写真とともに、ヌーヴォー・ロマンや不条理演劇の先駆者として知られる「巨匠」の実像について迫る、一級の資料集。